Oscar bestsellers

Dello stesso autore

nella collezione Oscar

Il colore del vento
Notti africane
Sognavo l'Africa

nella collezione Omnibus

La notte dei leoni

KUKI GALLMANN

ELEFANTI IN GIARDINO

OSCAR MONDADORI

Titolo originale dell'opera: *Elephants in My Orchard*

I edizione Omnibus ottobre 2001
I edizione Oscar bestsellers aprile 2003

ISBN 88-04-51780-8

Questo volume è stato stampato
presso Mondadori Printing S.p.A.
Stabilimento NSM - Cles (TN)
Stampato in Italia. Printed in Italy

www.mondadori.com/libri

ELEFANTI IN GIARDINO

Per la nonna, per mia madre, per Sveva e per le donne della mia famiglia

Be still, my heart, these great trees are prayers.*

RABINDRANATH TAGORE,
poeta del Bengala

* Resta calmo, cuore mio, questi grandi alberi sono preghiere.

RINGRAZIAMENTI

Vorrei ringraziare particolarmente Joy Terekiev della Mondadori per la sua incrollabile fiducia in me. Marco Vigevani, il mio editor per la versione italiana, per il suo occhio attento, la sua competenza e il suo senso dell'umorismo, per il tempo passato insieme a rivedere il testo, a parlare di cibi – e a mangiarli –, per avere reso divertente e memorabile il viaggio della traduzione dalla mia lingua di adozione, in cui scrivo, alla mia lingua madre. Il frutto di questo libro è un'amicizia che durerà.

INTRODUZIONE

Ciò che segue è la storia di una vita vissuta in Africa, e delle sue lontane origini italiane, e il tema del cibo, spesso trovato nella natura selvaggia o ricordato come un destarsi del senso del gusto, è il filo conduttore, il motivo che corre tra le sue pagine.

Le memorie di guerra, il calore della mia famiglia, la perdita di quelli che ho amato, la presenza di animali, i canti degli uccelli, le generazioni dei miei cani, amati e leali compagni delle mie giornate, ne fanno tutti parte; e gli elefanti che vengono la notte nel mio giardino e i branchi di zebre, il ruggire dei leoni che pulsa nella boscaglia a pochi metri da me, mentre scrivo, sono presenze invisibili ma più reali di quanto non lo sarebbero se le vedessimo direttamente.

Questa è la storia vera dei luoghi e della gente e della natura viva che mi circonda, che vedo, odoro, ascolto e gusto.

È anche, ma in parte, la storia dei nostri cibi, di come li trovammo e preparammo e mangiammo, e della poesia dei luoghi selvaggi e non visitati, e di coloro con cui divido molte delle mie ore: Simon Itot e Muniete, Patrick e il vecchio Laurien che mi porta i funghi che crescono sui termitai, coloro che sono passati e che contavano, i miei amici pokot, la mia famiglia presente e quella di un tempo, Sveva e Aidan.

L'impegno a proteggere la superba natura dell'Africa, il rispetto per i frutti della terra, e il sapore dei sogni.

Kuki Gallmann

Laikipia, Kenya, maggio 2001

IKO NDOFU KWA SHAMBA
ELEFANTI IN GIARDINO

Un suono sordo, come un tuono, si avverte oltre le grida degli uccelli notturni, il coro delle rane arboree, il concerto degli storni impazziti nella notte di luna piena, più possente del richiamo lontano di una iena, dello scroscio di rocce smosse nel galoppo dei bufali in fuga, che corrono a bere alla *menanda** di Kuti.

Appoggio la mia penna, ascolto. So cosa significa.

Improvvisa e potente una raffica di barriti interrompe la notte, le rane tacciono e sento il rimbombare pesante degli stivali del vecchio Lauren, che si avvicina di corsa. Sono già in piedi, afferro già la mia torcia e il fucile a pallettoni.

«*Mama*» Lauren bussa alla mia finestra. «*Mama, iko ndofu kwa shamba.*» Eccoli di nuovo, gli elefanti in giardino.

Una fucilata in aria – ho imparato da tempo – è il modo più veloce per farli scappare.

Lo seguo nella notte, pensando, ancora una volta, come sono lontana dall'Italia.

* Recinto per la disinfestazione del bestiame.

Parte prima

PRIMA DELL'AFRICA

I
UN ALTRO MONDO

> There is no love sincerer than the love of food.*
>
> GEORGE BERNARD SHAW, *Man and Superman*

Sono nata in Italia nel giugno del '43 durante la Seconda guerra mondiale. Un tempo in cui la televisione non esisteva, la conversazione era un'arte a cui si dava importanza, leggere poesie e i classici era un'occupazione normale e la nostra famiglia si riuniva intorno alla tavola patriarcale del mio nonno materno due volte al giorno, per consumare quasi religiosamente abbondanti e deliziosi pasti a base di cibi fatti in casa, prodotti nella nostra terra.

Sono cresciuta in un mondo di donne e di uomini anziani. I giovani, compreso mio padre, erano tutti in guerra. Poiché vivevamo in campagna, in una grande casa disordinata piena di prozie e prozii, con la mia giovane madre e le sue sorelle, le ore si succedevano con il pigro ritmo di altri tempi.

La prima colazione era servita su grandi vassoi ricoperti di centrini orlati di pizzo a uncinetto, che una domestica portava fino alle nostre stanze: rimanevamo a letto mentre le imposte venivano spalancate facendo entrare un sole giallo – e le palpebre sbattevano al riflesso – o una breve, gelida folata di nebbia.

* Non c'è amore più sincero dell'amore per il cibo.

Era di solito un caffelatte caldo, con al posto del caffè una cicoria autarchica tostata, probabilmente molto più salutare, servito in tazzone enormi con latte abbondante, marmellata di albicocche, prugne o ciliegie, burro fresco di fattoria, pane ancora fragrante di forno e biscotti all'anice.

Il pasto di mezzogiorno era servito puntualmente alle dodici e mezzo.

Lo precedeva un effluvio di aromi succulenti che si infiltrava ovunque, vagando attraverso le stanze come una presenza invisibile ma assolutamente reale, e lo seguiva una siesta pigra, per me riluttante, nelle stanze in penombra fino al tardo pomeriggio, quando le amiche della nonna sarebbero venute a farle visita.

Nella mia stanza, la testa affondata sul cuscino di lino bianco ricamato da bisnonne da tempo morte, guardavo le ombre e le luci danzare una fata morgana sul soffitto, come una versione cinematografica in bianco e nero della vita che si svolgeva nella strada di campagna sotto le finestre della mia camera da letto.

Rami si muovevano appena, sagome umane apparivano, s'incrociavano e svanivano, una rara bicicletta pedalava sopra di me tra gli stucchi cremosi e il lampadario immobile, e io osservavo affascinata, negli afosi pomeriggi estivi, un mondo intero che si sviluppava ignaro davanti ai miei occhi, il primo film della mia vita.

Dopo la siesta, la nonna cambiava il tailleur della mattina con un abito da pomeriggio di seta lilla pallido o blu polvere, i suoi colori preferiti. Un velo di cipria rosata sul naso e un tocco di *rouge* sulle guance illuminavano la sua carnagione chiara, le sue labbra erano disegnate con un tocco di rossetto, i capelli avvolti in uno chignon soffice, raccolto sulla nuca da una veletta trasparente, che metteva in risalto il suo collo slanciato.

Le amiche si sedevano in un salotto con tende di pizzo alle finestre o, nella bella stagione, all'aperto in giardino, sotto un ciuffo di immensi e maestosi cedri del Libano, alberi imponenti su cui avevo imparato ad arrampicarmi molto presto, cosicché, nascosta dai ciuffi di aghi argentati come un uccello appollaiato sui rami, potevo ascoltare non vista le loro conversazioni.

Chiacchieravano di tutto e di niente, rivolgendosi l'una all'altra usando il "lei", chiamandosi signora Maria, signora Elena e, sollevando la veletta di pizzo che ornava i cappellini e copriva gli occhi, sorseggiavano il pallido tè al limone mordicchiando biscottini alle mandorle che reggevano con dita vezzose coperte di vene blu e di vecchi anelli.

Quando le signore se ne andavano, il salotto veniva requisito dal nonno, dai prozii e dai loro amici. Delicati aromi di violetta di Parma, di vaniglia e del profumo Fracas che usava la nonna venivano sostituiti dall'odore di tabacco da pipa e di Punt & Mes d'anteguerra, misto ai distinti effluvi di lavanda della colonia Jean Marie Farina, prediletta dal nonno.

La conversazione si spostava allora sulla guerra, sulla politica, sui bombardamenti, sulla gente mandata nei campi di concentramento in Germania che non sarebbe più tornata, famiglie distrutte e amici perduti.

In sussurri s'informavano di mio padre che si era unito ai partigiani per guidare una missione di boicottaggio contro i tedeschi, e che era stato paracadutato in una notte di nebbia dietro le linee nemiche.

La notizia si era risaputa in paese, e la paura si era infiltrata nella nostra vita, come un fumo invisibile e mortale. Spiate, accenni, minacce ruppero la superficie apparentemente calma delle nostre vite.

La vergognosa, atroce persecuzione degli ebrei aveva creato conflitti di lealtà, e la profonda differenza di prese di posizione e di scelte morali aveva creato fratture insormontabili tra gli italiani, e portato inevitabilmente alla guerra civile.

Fratelli ammazzavano fratelli; delinquenti di ogni specie governavano; orrori e violenze erano perpetrati in nome del patriottismo. Era una pagina oscura nella storia d'Italia.

Mio padre aveva fatto la sua scelta.

Mia madre fu messa in guardia dalle staffette che in quei giorni salvarono migliaia di vite e spesso persero la loro: lei e io eravamo gli ostaggi prescelti. Aveva fatto piani per fuggire e nascondersi con me in un posto sicuro quando le avessero dato il segnale.

Ho un vago ricordo, confuso come in un sogno, di un primo pomeriggio quando avevo forse due anni e la fine della guerra stava avvicinandosi, con tutto l'orrore delle rappresaglie dell'ultimo momento.

Nella biblioteca in penombra gli adulti erano radunati in silenzio.

Sedevo in grembo a mia madre. Dal modo in cui mi reggeva, protettiva, stringendomi forte a sé, dalla serietà su tutte le loro facce, intuivo che c'era qualcosa di insolito, qualcosa che non andava.

Le imposte di legno erano chiuse, e dalle fessure voci adirate filtravano insieme a lame di sole nella stanza silenziosa.

Tutti trattenevano il respiro.

Frugando curiosa con le mie dita paffute in un cassetto della scrivania, dimentica della tensione che regnava, mi ferii il dito con un temperamatite a lametta; una minuscola goccia del primo sangue che avessi mai visto sgorgò rossa dal polpastrello, e io mi misi a urlare più per la sorpresa che per la paura: una dozzina di mani adulte si protesero verso la mia bocca spalancata, per soffocare il grido, e l'urgente gravità del loro gesto mi zittì di colpo, scolpendo contemporaneamente e per sempre questo ricordo nella mia mente.

Appresi molto tempo dopo che una banda di fascisti della X Mas stava impiccando con un gancio da macellaio al nostro cancello di ferro battuto un ragazzo partigiano, come avvertimento di ciò che sarebbe accaduto ai traditori.

Non permisero a sua madre di avvicinarsi, e solo all'alba dell'indomani, quando era finalmente morto, lei e le sue sorelle poterono avvolgere il suo corpo in una coperta, e portarlo via per seppellirlo in segreto in una fossa nei campi.

II
COME ERAVAMO

... Udia dai fieni allora allor falciati
dei grilli il verso che perpetuo trema,
udiva, dalle rane nei fossati,
un lungo interminabile poema...

GIOVANNI PASCOLI, *Romagna*

Mio padre era stato fatto prigioniero dai fascisti di Salò e solo dopo parecchi mesi era riuscito a evadere. Una staffetta aveva pedalato per oltre cento chilometri per avvertire mia madre, e il piano preparato da tempo era scattato.

Ho un ricordo di adulti in corsa nel buio di una notte senza luna, di mia madre aiutata da una domestica che mi porta in braccio insieme a un fardello di vestiti, e dei nostri corpi che si tuffano attraverso una siepe – foglie umide sulle nostre facce – poi di corsa attraverso un bosco – aroma di aghi di pino – per raggiungere finalmente, da una porta sul retro, la sicurezza e la luce di un monastero dove suore generose ci dettero asilo.

Poteva essere il periodo di carnevale. Un vago ricordo di maschere, costumi, recite scolastiche, inni e cori, vaniglia su frittole e il sapore nuovo di deliziosi consommé con piccolissimi anellini di pasta. Passammo alcuni giorni lì, in un altro mondo, sicure e protette, e posso solo immaginare l'incertezza di mia madre, la sua ansietà, la preoccupazione per mio padre di cui non si avevano notizie.

L'indomani vennero a casa nostra per arrestarci, ma non ci trovarono. Presero invece mio nonno, per interrogarlo. Ma non sapeva molto, la guerra stava per finire e non volevano rischiare un altro crimine. Lo lasciarono andare e dopo un po' tornammo anche noi.

La cena a Crespano del Grappa – puntualmente alle otto – era sempre un'occasione speciale, e gli ospiti erano la norma anche in quei giorni tristi e magri, perché il nostro cibo casalingo era rinomato e i miei nonni ospitali.

In casa, io ero l'unica bambina: i bambini erano una benedizione e un diversivo in quei tempi incerti, e fin dalla più tenera età partecipavo sempre ai pasti della famiglia. Mi sedevo alla destra del nonno, che tagliava personalmente la mia carne in piccoli bocconi, scegliendo le parti migliori, e mi guardava mangiare con occhi buoni, luccicanti di affetto.

Ricordo una sera prima di cena, poco dopo la fuga di mio padre che era riuscito a raggiungere Roma sano e salvo. Tutta la famiglia si era riunita intorno a una radio antiquata color amaranto. Stavano intervistando reduci ed eroi della Resistenza dopo la liberazione.

La voce maschile suonava giovane, eloquente e stanca.

«Ascolta, è il papà!» mi dissero orgogliosi, e ridevano.

Mi addormentai sul mio uovo alla coque, senza aver capito.

Per il mio quinto compleanno ricevetti una casetta per giocare con le bambole che il falegname del nonno costruì sotto alcuni pini nel giardino, dipingendone le pareti in bianco e il tetto in rosso. Si chiamava Sisto, era il sesto figlio di una famiglia di contadini locali, e aveva, come Alessandro Magno, un occhio marrone e uno di un vivido blu.

La mia piccola casa aveva una mensola sul retro e un tavolo quadrato con una sedia sola, perché non avevo compagni di gioco della mia età.

Non ero interessata alle bambole, e ben presto trasformai la mia casa, tra il divertimento degli adulti, in un bar.

Ripulimmo una dozzina di bottiglie di aranciata Recoaro e vi incollammo nuove etichette dal bordo blu, sulle quali la zia Vittoria scrisse per me in inchiostro nero i nomi dei liquori e dei cordiali che mi aveva aiutato a travasare dalle bottiglie del nostro mobile bar.

Una serie di bicchierini, un vecchio samovar russo pieno di acqua ghiacciata e una caraffa di limonata completavano l'equipaggiamento, e io servivo orgogliosamente agli adulti i miei aperitivi con le nocciole che avevo raccolto dalle siepi di campagna, e tostato nel fuligginoso forno a legna della cucina.

Era un mondo meraviglioso che mi affascinava.

Benché fosse praticamente impossibile procurarsi provviste e i viveri fossero razionati, a differenza degli sfortunati che erano rimasti in città, non ci mancava una certa varietà di cibo casereccio.

Nel vasto giardino c'era un orto con cespugli di ribes e lamponi, due filari di meli e uno di peri d'inverno, ciliegi, peschi, albicocchi, fichi e susini. C'era anche una pergola molto prolifica che produceva una rara varietà di uva senza semi dall'aroma delicato e dolcissimo che non ho ritrovato mai più. In dialetto veneziano la chiamavamo *"uva zebiba"*, un nome di derivazione araba, che significa uvetta sultanina, portato dai mercanti veneti che si avventuravano sui mari del Medio Oriente.

C'era un orto che produceva tutto quello di cui avevamo bisogno e anche di più.

Oh, il sapore dolce e succoso delle carote appena colte, ancora fresche di terriccio, lavate all'aperto, sotto il rubinetto, e i pomodori tiepidi di sole, spremuti direttamente in bocca con tutti i loro semi dorati!

Alcune vacche da latte bianche e nere abitavano una stalla costruita sotto un fienile, su cui mi piaceva arrampicarmi in segreto per nascondermi e sognare, un pollaio pieno di galline bianche come neve ci forniva le uova e il pollame, una colombaia sotto i tetti, pulsante per il continuo tubare dei piccioni, ci procurava pasticci e arrosti. E siccome il numero di animali domestici di cui avevamo bisogno era in realtà limitato, finii per fare amicizia con tutti i maiali, animali intelligentissimi e buffi, che non erano mai più di quattro o cinque alla volta. Così, quando arrivava l'autunno – e il macellaio per preparare le salsicce di luganega e i salami e le soppresse –, venivo mandata a fare lunghe passeggiate fino al torrente dell'Astego, con Lidia e una merenda di pane e marmellata di lamponi, per risparmiarmi di assistere al macello con tutti i suoi raccapriccianti dettagli.

Amavo quelle passeggiate, e adoravo i preparativi, riempire il cestino di panini e sciroppo di more e partire, saltellando allegramente lungo la strada polverosa, lungo il filare di pioppi cipressini, finché non trovavamo un viottolo quasi nascosto dal folto di cornioli e cespugli di noccioli e pungitopo. Niente sfuggiva l'ispezione dei miei occhi curiosi: il mondo delle cose che crescono e del sottobosco lussureggiante – noci cadute, castagne lustre che spaccavano il riccio verde e turgido, ciclamini a ciocche e giovani funghi – mi divenne familiare perché era al livello dei miei stessi occhi, mentre correvo lungo le scorciatoie che conducevano al torrente dell'Astego.

È un mondo passato, confinato in un luogo della mia memoria che riservo ai sogni, alle impressioni di molto tempo fa, vivide adesso come lo erano allora, che tornano in lampi portati periodicamente alla superficie della mia memoria, Dio sa da quale associazione di pensieri.

Fra essi vi sono dei momenti di quei lunghi pasti, sotto una luce calda e su tovaglie invariabilmente bianche, con le posate d'argento di San Marco, con gli orli a conchiglia, che sanno di laguna, e bicchieri di vetro soffiato di Murano, trasparenti, così che il color topazio o rubino del vino potesse essere visto e apprezzato.

Il cibo era considerato con rispetto, nella nostra famiglia

di esperti buongustai, ed era sempre consumato in concentrazione, il sapore e la preparazione venivano commentati di volta in volta, con competenza e grandissimo piacere.

Per questo, per quanto possa ricordarmi, sono stata sempre interessata al cibo.

Passavo ore nella cucina del nonno seduta su una sedia impagliata, osservando la cuoca e assorbendo di prima mano, senza sforzo, le tecniche sofisticate che non avrei mai potuto imparare dai libri.

Come eviscerare un pollastro, come trasformare con destrezza una massa di patate schiacciate in morbidi gnocchi dai delicati motivi; latte fresco in fiocchi di ricotta; zucchero, mandorle e aceto in vetroso croccante; una fontana di farina e uova in soffici strisce di tagliatelle nel tempo che l'acqua impiega a bollire: ore e ore della mia infanzia trascorsero osservando avidamente le mirabili magie che permettevano di trasformare semplici ingredienti in trionfi di gastronomia. Guardando Elda, e imparando per sempre.

Era impensabile allora in Italia, indipendentemente dall'aiuto domestico, che una ragazza non fosse in grado di cucinare alla perfezione i cibi tradizionali della regione dove era stata allevata, nel mio caso il Veneto.

Quando crebbi un po', mia madre suggerì che la mia sorella più giovane e io ci esercitassimo a cucinare, organizzando menu completi, preparandoli da sole e servendoli a cena la sera del giovedì, quando di solito avevamo ospiti. Nessuno aveva il permesso di aiutarci, e presto decidemmo – siccome a Barbara piacevano i dolci e a me no – di dividerci i compiti: io cucinavo primi e secondi piatti e lei deliziosi dessert da far venire l'acquolina in bocca.

Allora non si usava comprare mobili, né libri di cucina: i primi si ereditavano dalle generazioni precedenti, mentre le ricette si tramandavano oralmente, attraverso l'esempio in famiglia, e non c'era bisogno di leggerle.

Per ispirazione e varietà usavamo perciò l'unico libro di ricette che avevamo a disposizione: una vecchia copia rilegata del *Talismano della felicità*, un tomo dell'Ottocento che era appartenuto alla nostra bisnonna. Nelle illustrazioni a china erano raffigurate minuziosamente intere batterie da cucina, stampi elaborati, utensili d'ogni tipo ed enormi quarti di bue, con perfino istruzioni per come macellarli, in quantità assurde anche nel periodo del dopoguerra della nostra infanzia, di un'epoca in cui la donna regnava nella casa, le famiglie erano enormi, il cibo aveva importanza e cucinare era considerato un'arte complessa e rispettata, "il Segreto della felicità".

"Prendete due dozzine di uova, due litri di panna, un chilo di parmigiano grattugiato e di fontina valdostana, e un chilo di tartufi bianchi..." dettava una ricetta, ed eravamo trasportate in un mondo di lucenti pentole di rame e di prosciutti appesi in fila insieme a ghirlande di agli e peperoni nelle cavernose cucine delle grandiose ville del passato.

Adoravo la magia e la creatività, l'arte di creare piatti deliziosi per coloro che amavo, e vidi sempre il cucinare come un'arte nobile, come la scultura o la musica, per esaltare e onorare gli straordinari frutti della Terra.

III
CREAVA INCANTESIMI

In ricordo della nonna

... scende la sera nel giardino antico
della tua casa, e nel mio cuore amico
scende il ricordo, e ti rivedo ancora.

GUIDO GOZZANO, *Signorina Felicita*

La nonna era medium.

In famiglia lo sapevano tutti, ma nessuno ci faceva troppo caso.

Quando era bambina – diceva la leggenda – in quell'ora nei pomeriggi sonnolenti in cui gli adulti sono sprofondati nel loro pisolo quotidiano, faceva sedute spiritiche nella biblioteca in penombra con suo fratello e i suoi cugini: le predizioni erano sempre inaspettate e curiosamente accurate, la tavola di noce massiccio scricchiolava, tremava e ondeggiava, sollevata a pochi centimetri da terra, e, quando lei si alzava, dritta e composta nel suo grembiule di piquet e con le lunghe calze grigie, la seguiva galleggiando nell'aria.

Durante tutto il corso della sua vita, quando voleva qualcosa in modo speciale, si sedeva da sola, si concentrava su un piccolo pezzo di carta bianca o di stoffa e lentamente disegnava piccole croci sullo stesso punto con l'unghia del pollice. Chiamava questa pratica curiosa, in dialetto veneziano, *"far crosete"*.

Tale era l'intensità del suo potere che si riteneva che fosse capace di far muovere piccoli oggetti da un punto all'altro della stanza, e soprattutto di arrestare la macchina del nonno che la lasciava a casa ogni tanto – quando erano sposati da poco – per uscire con gli amici, un fatto che le dava fastidio.

La macchina si fermava di colpo mentre passava un ponte o entrava in qualche stradina di campagna, come se una grande mano invisibile vi fosse calata pesantemente dall'alto.

Dopo poche ore, quando sapeva che la serata del nonno era rovinata, lei rifaceva le crocette all'incontrario sciogliendo l'incantesimo: la grande mano si sollevava e la macchina ripartiva con un balzo, misteriosamente, così come prima si era fermata.

La mattina dopo, quando il marito bussava con aria contrita alla porta del suo boudoir mentre lei sedeva al suo tavolino da toilette col ripiano di marmo, lo accoglieva tranquilla, con un sorriso segreto, continuando a passare lentamente la spazzola di setole col manico d'argento, cento volte, tra i folti capelli castani che le arrivavano fino alla vita. Era bella ed enigmatica nel suo lungo négligé bordato di pizzo.

Negli anni successivi mi capitò spesso di chiedere il suo aiuto prima di un esame o di una temuta interrogazione in matematica, una materia che detestavo. Andavo a cercarla, e lei prendeva la mia piccola mano nelle sue grandi, la girava all'insù e lentamente disegnava piccole croci con l'unghia del pollice sul mio palmo. Talvolta si toglieva uno dei suoi anelli e me lo infilava all'indice della mano destra dicendo casualmente:

«Te la caverai. Non preoccuparti.»

Le credevo, e questo mi dava una tale sicurezza che l'esame di solito andava bene.

Usava lo stesso tono calmo, quasi distaccato: «Starai meglio», quando mi curava un problema della pelle, un'imperfezione, una verruca, con qualche piccola croce sul punto da guarire. E una mattina, qualche giorno dopo, mi svegliavo e notavo di colpo – con una certa sensazione di vuoto allo stomaco, come sempre in presenza dell'inspiegabile – che la pelle era di nuovo liscia, come se l'imperfezione non ci fosse mai stata.

Questo dono era però in conflitto con la sua religiosità

cattolica, che la portava ad andare in chiesa anche due volte al giorno, con qualsiasi tempo.

La guardavo uscire sempre impeccabilmente vestita, la carnagione pallida protetta d'estate da un ombrellino bianco ricamato, d'inverno da berretti di pelo decorati con la veletta, e l'accompagnavo, da bambina, nelle sere di primavera, quando una luce rosa indugia sulle tegole rosse dei tetti, e le prime rondini riempiono il cielo di strida.

M'inginocchiavo vicino a lei nella chiesa piena di candele e d'incenso, cullata dalle litanie latine, incantata dai mille lumi, e univo la mia piccola voce a quelle del coro, rispondendo infiniti "Ora pro nobis" ai richiami del rosario: un mantra cristiano.

Nel corso della sua vita, la nonna aveva spesso premonizioni e sapeva in anticipo quello che sarebbe avvenuto.

Mi chiedevo spesso allora quale meraviglia e maledizione questo dono doveva portarle. Aveva previsto la propria morte, e diceva spesso pacatamente, senza neanche un'ombra di malinconia, che sarebbe morta a 78 anni, d'estate, per un aneurisma al cervello, come sua madre e sua nonna prima di lei.

Infatti spirò così, e quando mia madre, addoloratissima, corse a vederla, un intenso profumo di gardenia e una luce soprannaturale, arancio e viola come un tramonto boreale, emanavano dalla stanza dove giaceva il suo corpo.

Ero in vacanza quando morì.

A quei tempi il mio primo marito Mario e io, durante la corta e afosa estate europea, invariabilmente attraversavamo l'Adriatico in barca fino alla Iugoslavia, dove gli scampi erano così freschi che si potevano friggere e mangiare ancora col guscio, e la granseola che vive nelle acque profonde – servita semplicemente bollita con limone, olio d'oliva e pepe appena macinato – era di sapore inimitabile. Adoravamo stare all'aperto e al sole e al mare.

Quando sbarcammo a Venezia e andammo a cercare la

nostra macchina al parcheggio, notai fin da lontano un foglietto di carta bianca infilato sotto il tergicristallo.

Mi fermai di colpo, folgorata da una certezza improvvisa e non voluta.

«È la nonna» dissi a un Mario stupefatto. «È morta. È scritto in quel foglio.»

Era così.

"Cara Kuki" diceva la calligrafia regolare di mia madre "forse uno dei miei messaggi ti ha già raggiunto, e saprai della nonna..."

Sapevo già allora di aver ereditato, almeno in parte, le sue doti di veggente.

Come nel suo caso, anche nel mio esse erano state più forti nella prima adolescenza, per tornare di tanto in tanto nel corso della mia vita a rivelarmi qualcosa di tragico che era avvenuto prima che io fossi fisicamente in grado di saperlo.

Mi aveva trasmesso anche una certa capacità di guarire con le mani, di provocare fenomeni olfattivi e luminosi, e, sì, qualche tavolino seguiva anche me, e mi cadevano ai piedi pietre che sembravano piombate dal nulla.

Credo di essere stata, infatti, un caso moderato di Poltergeist.

A casa nostra c'erano ritratti di antenati i cui nomi in qualche caso nessuno ricordava più. Con la capacità di osservazione dei dettagli tipica dei bambini, io ero colpita da particolarità dei loro vestiti e lineamenti che rimangono ancora vivide nella mia mente, e la mia fantasia inventava storie di cui erano protagonisti. Il dipinto che mi affascinava di più era il grande ritratto ovale di una signora, dritta e severa, con una parrucca incipriata acconciata in lunghi boccoli bianchi, che indossava un ampio abito blu polvere, guarnito di pizzi color crema.

Non era particolarmente bella, e mia madre, che se ne intendeva d'arte, non riteneva che quel quadro fosse opera di un artista famoso come altri ritratti di casa, ma c'era in lei una certa nobiltà, e, benché fossero diverse, qualcosa nel suo portamento mi ricordava molto la nonna, come sarebbe stata se fosse nata duecento anni prima.

Nel ritratto il collo era disadorno, ma io ero sicura che avrebbe dovuto portare un monile di filigrana e acquamarina, come i suoi occhi.

Molti anni dopo, quando vivevo in Africa, una notte sognai vividamente della nonna. Nelle pallide mani grandi e affusolate teneva una collana identica a quella che mi ero immaginata tante volte.

L'aveva tolta da una borsa di velluto rosso cupo legata con un cordone di seta e me la faceva vedere.

«È per te» mi diceva «devi ricordarti dove la metto perché è un ripostiglio segreto, e nessuno lo può trovare.»

Vicino a lei c'era un mobiletto elegante, di legno scuro e lucido, intarsiato di madreperla, di stile orientale. Aprì uno dei molti cassetti, ne rimosse il fondo e subito apparve un ricettacolo segreto, dove nascose il gioiello nel suo sacchetto.

Il suo sorriso da Monna Lisa – lo stesso della signora nel dipinto – indugiava ancora quando mi svegliai d'improvviso nella mia stanza di Nairobi, e la luce dell'alba filtrava, color corallo, attraverso le tende tese.

Così forte e profonda fu l'impressione del sogno che non sfumò con la luce del sole. Telefonai a mia madre, a Venezia, e le dissi del sogno, descrivendolo nei particolari.

«Dov'è quel mobiletto? Non mi ricordo di averlo mai visto; è davvero esistito?»

Anche senza vedere il suo viso, sentii che tratteneva il respiro.

«Ti richiamo subito; devo parlare con tua zia Otti.»

Poco dopo, essendosi consultata con sua sorella, mi richiamò.

Il mobile – così pareva – era esistito davvero. Stava nel

boudoir di mia nonna e per il suo stile fuori dal comune, esotico, molto decorato, in famiglia era chiamato "il trou-meau cinese".

Non avevano mai saputo che ci fosse uno scompartimento segreto, e non potevano più controllare se vi fosse nascosta una collana. Infatti era stato distrutto, come ogni altra suppellettile contenuta nella casa di città dei miei nonni, nel bombardamento di Treviso nell'estate del 1943, quando io avevo solo poche settimane.

La nonna era bella.

Per una donna dei suoi tempi era alta, ancora snella nella mezza età, accuratissima e impeccabile nel vestire, e di natura tranquilla e riservata.

Aveva un portamento dritto e fiero, mitigato da un animo gentile e generoso, e maniere cortesi, educate. In lei si combinavano le virtù delle dame dell'Ottocento, un secolo che ammirava, a cui sentiva di appartenere e che non aveva mai lasciato del tutto.

In un viso ovale dai lineamenti regolari, con la fronte alta, occhi neri e il naso dritto e ben disegnato con narici leggermente dilatate, aristocratiche, spiccava la bocca larga e generosa, con labbra carnose e denti regolari, considerata un po' troppo moderna in quell'epoca: nel tentativo di aiutare almeno me a raggiungere e mantenere quell'ideale impossibile di boccuccia a bocciolo di rosa che si vede solo nei ritratti, mi costringeva a ripetere per ore, velocemente, il ritornello "pomo pera prugna" un esercizio che, secondo lei, doveva portare a rimpicciolire la bocca.

Purtroppo, ohimè, non ci riuscì.

Parlava poco, la nonna, ma le sue mani erano dotate di un tocco fatato e si sedeva per interi pomeriggi a ricamare o a lavorare all'uncinetto.

Nell'ora della siesta, mentre gli altri dormivano, e nel pigro calore la casa era silenziosa e i moscerini danzavano nel pulviscolo di sole dei pomeriggi d'estate, lei sedeva al suo tavolino da cucito con le gambe intagliate a spirale dove conservava aghi e fili da ricamo e gomitoli, per lo più sola, talvolta con una domestica, e spesso con me.

Le sedevo di fronte allo stesso tavolo; le sue grandi agili mani che somigliavano alle mie – come le mie mani sono ora – si muovevano rapide su una ragnatela di fili e uncinetti, e meravigliosi ricami e raffinati disegni scivolavano dal suo grembo, come un volo di farfalle su un pendio di seta.

Poteva davvero tessere incantesimi: i suoi ricami e i suoi bordi all'uncinetto apparivano delicati e fragili come petali, ma erano invece così durevoli e robusti, eseguiti com'erano con una minuziosa cura per i dettagli, che la maggior parte le sopravvisse. Orli mirabili d'infinite tovaglie, tovaglioli e centrini erano prodotti in questo modo, e molti adornano ancora oggi la mia casa in Africa, facendo rivivere per me la nonna, a oltre trent'anni da quando morì e oltre quaranta da quando li ricamò.

Di tanto in tanto interrompeva il ricamo e si fermava a chiedere come me la stavo cavando. Con immensa pazienza si chinava a insegnarmi, controllando ogni punto accuratamente, e io potevo annusare il suo profumo intenso di gardenia e tuberosa, vedere la curva delle sue orecchie, con gli orecchini di perle, fragile e trasparente come una conchiglia.

Adoravo quei momenti e ora faccio tesoro di questi ricordi. Le nostre teste chine su un modello, la sua voce gentile con la cantilena del dialetto veneziano, che mi consigliava su un punto difficile, le sue storie di tempi passati in convento da ragazza – lunghe calze di lana e grembiuli grigi –, il suo matrimonio quando era ancora giovanissima con il mio attraente nonno, gli anni passati con lui, durante la Prima e poi la Seconda guerra mondiale, il bombardamento di Treviso e la perdita di tutte le sue suppellettili.

«È stato per merito tuo che il nonno è ancora vivo» mi ripeteva «tuo e del suo chauffeur Costanzo.»

Era stato uno strano caso quello del bombardamento di Treviso, un tipico esempio delle conseguenze casuali e orrende di un errore di guerra.

Non c'era niente di strategicamente importante a Treviso, a quel tempo una cittadina graziosa e addormentata, situata lungo le rive del fiume Sile, come Dante aveva descritto con sorprendente accuratezza geografica: "dove Sile a Cagnan s'accompagna".

A Treviso c'erano più osterie che chiese, e belle ville palladiane in giardini d'alti alberi lungo il Terraglio, l'antica strada per carrozze che la univa a Venezia. Le mura medievali erano ricoperte di ippocastani e interrotte da porte in pietra scolpita, sotto cui adesso scorre un traffico moderato, e anche allora vi fioriva un'attiva vita culturale, ricca di cenacoli di artisti.

Fu un tragico errore di ortografia a segnare la fine di una parte della città. Il nome era simile a quello di Tarvisio, un importante nodo ferroviario sulla via per l'Austria e la Germania, poco più di cento chilometri a nord, perduto in mezzo alle montagne, che era il vero bersaglio dell'attacco aereo di quella notte. Bombardarono la città sbagliata, e il sole dell'indomani trovò solo silenzio, profondi crateri e rovine.

Era una notte d'estate, e i buontemponi locali che erano riusciti a evitare il conflitto stavano sorseggiando il loro aperitivo serale di spritzo o Punt & Mes al bar della Stella d'Oro, quando una delle molte bombe piombò dal cielo. Furono tutti uccisi all'istante – e così coloro che si erano riparati nel rifugio antiaereo dove finì un'altra bomba –, e i bei monumenti, i palazzi e le ville – e il mistero della dama in blu – scomparvero per sempre dalla faccia della terra, senza alcuna ragione.

Mio nonno se l'era cavata per miracolo, e da allora giurava che ero io che gli avevo salvato la vita, anche se ovviamente non avrei potuto farlo, perché avevo solo poche settimane.

Siccome ero appena nata e c'era pericolo di bombardamenti, la nostra famiglia era sfollata in campagna, inizialmente a Gorgo al Monticano, dove il nonno aveva un essiccatoio per i bozzoli da seta che venivano poi trasportati alla filanda di Crespano. L'essiccatoio era chiuso per la guerra, e c'era un'abitazione lì vicina che si affacciava su un fiume verde e lento. L'autista del nonno, Costanzo, lo convinse ad andare fino a Gorgo quella sera fatale per passarvi la notte, e per vedere me, la nipote primogenita che lui adorava, piuttosto che dormire nel caldo soffocante della città. Il nonno accettò.

Fu proprio quella decisione che gli salvò la vita, perché l'indomani solo una buca profonda rimaneva della loro bella casa antica e di tutto ciò che aveva contenuto.

Anni dopo ricordo le scorribande con i miei compagni di giochi all'insaputa dei miei genitori sui tetti della città. Ci arrampicavamo da una terrazza e salivamo su cumuli di macerie e detriti, poi scendevamo su ripidi soffitti pericolanti, rovinati dalla guerra, dove rimaneva solo la sagoma di una scala graffita su muri nudi, l'intonaco scrostato, e giardini vuoti con viali eleganti che non portavano da nessuna parte, a segnare il luogo dove orgogliosi palazzi erano un tempo esistiti.

Come i suoi ricami, la nonna sembrava delicata, benché – in apparente contraddizione – fosse dotata di grande energia interiore, amasse le occasioni conviviali e passasse interminabili pomeriggi a giocare a canasta con le sue amiche.

Il suo primo nome era Maria, come il mio.

Un giorno speciale era quello del suo onomastico, che condivideva con me.

Era il 12 settembre, ancora parte delle lunghe vacanze scolastiche estive che allora duravano quattro mesi, e continuammo a celebrarlo a Crespano anche dopo la fine della guerra in maniera sempre più grandiosa col passare degli anni, man mano che il razionamento lasciava posto a una ritrovata abbondanza.

All'inizio i regali erano modesti e fatti in casa, e mia madre eccelleva nel cucire piccoli oggetti di stoffa, come puntaspilli, o borsellini di feltro ricamato.

Non c'erano né televisione, né distrazioni, e la nostra vita in campagna era soffusa di una sana semplicità rurale.

La nonna era di natura giovanile e ingenua e si divertiva a osservare i preparativi per la sua festa, che tutti prendevano molto sul serio.

Il massimo venne raggiunto quando, alla cena con molti ospiti in cui erano serviti i suoi piatti preferiti – gamberetti minuscoli con maionese al limone, risotto ai funghi spolverato di parmigiano, faraona arrosto con salsa pearada, polenta alla griglia, radicchio rosso, una sua variazione di crème brûlé con maraschino, e marrons glacés o violette candite con il caffè dopo cena – si unì ciò che mio nonno, con un termine grandioso e antiquato, chiamava: "spettacolo pirotecnico".

La mattina dell'anniversario lui partiva prestissimo per Treviso a far provviste perché, da vero gourmet, era molto meticoloso in fatto di menu e la scelta di ingredienti speciali per occasioni festive gli dava una gran soddisfazione.

Tornava con una macchina piena di provviste che l'inseparabile autista Costanzo trasportava in cucina. C'erano grandi schegge di parmigiano e denso olio d'oliva di Toscana, bottiglie di spumante e gorgonzola. Presto lo spiedo ruotava con una faraona che si rosolava, l'odore di muschio dei porcini pervadeva la casa con memorie di boschi, tutti ci offrivamo di aiutare a sgusciare i gamberetti, e il mio cuore era eccitato nell'attesa.

Sapevo che tra i vari pacchi ce n'era uno che doveva essere maneggiato con attenzione perché era infiammabile: conteneva i fuochi d'artificio.

Aiutato da Costanzo, il nonno li sistemava personalmente in punti strategici, dietro la collina al limite del giardino che era stata il rifugio antiaereo in altri tempi e dove ora tenevamo in fresco le casse di vino.

E quando era buio, dopo la cena e lo scambio di auguri e di doni, ci sedevamo festosamente all'aperto su file di sedie, la nonna al posto d'onore e io vicina a lei perché eravamo le festeggiate.

Mi era permesso eccezionalmente di bere un bicchierino di maraschino, o un'anisetta o forse un amaretto, e questi rari sapori erano per me un altro segno di festa.

Iniziavano le esplosion: razzi come comete invertite che seguivamo nella loro ascesa con occhi sbarrati fino allo scoppio finale, girandole di scintille, cascate di luci.

Il nonno amava la sua parte di innocuo dinamitardo, e penso che in realtà quello spettacolo fosse per me.

Ma se guardavo la nonna, alla mia sinistra, nella luce colorata che la illuminava a intermittenza, vedevo che il suo viso sereno e composto era trasformato dalle mie stesse emozioni, e la sua gioia infantile era lo specchio della mia.

Nell'incerta luce rosata tutte le rughe erano scomparse e, senza saperlo, eravamo la stessa bambina.

IV
UNA FAMIGLIA DI DONNE

In casa nostra, oltre a mia madre e alla nonna, c'erano anche le zie.

Due prozie, Maria e Giuseppina, e le due sorelle di mia madre, una più anziana di lei, zia Vittoria detta Vito, e una più giovane, zia Ottorina, detta Otti.

Zia Maria era la mia madrina. Era sposata al fratello del nonno, un uomo di bell'aspetto con un sottile paio di baffi e una certa reputazione di dongiovanni, che morì subito dopo la guerra per un attacco di cuore, forse il risultato di troppi pasti luculliani e di troppe amiche bellocce e bene in carne, una delle quali, Irma, una ben dotata bellezza agreste dagli occhi verdi, governante in una loro casa di campagna, gli sopravvisse per molti anni. Non ebbero figli, e il mio ricordo della zia è quello di una dama pallida e magrissima, sempre drappeggiata in strati di sete nere, il capo coperto di antiquati, funerei veli da vedova che la ricoprirono fino alle sottili caviglie, dalla morte del marito fino alla sua. Aristocratica, alta, angolosa, con enormi, tragici occhi neri e mani nervose, coperte di anelli, che non smettevano di arrotolare le sigarette che fumava di continuo, nervosamente, con un elegante bocchino d'oro, assomigliava più di tutto a uno struzzo. Di buon cuore ma riservata, non abituata ai bambini, si muoveva per la casa come un'ombra.

Dopo la guerra, quando veniva a farci visita, mi portava sempre enormi scatole di deliziosi pasticcini di marzapane a forma di minuscola frutta, e la associo sempre a un aroma di mandorle, vaniglia e fumo di sigaretta.

Zia Giuseppina, chiamata in veneto Beppa, era la moglie del fratello della nonna, anche lui un uomo gioviale e corpulento, sempre impeccabile, col suo fazzoletto bianco inamidato, odoroso di colonia, nel taschino dei completi principe di Galles. Aveva un carattere allegro e buontempone, e nessuna preoccupazione al mondo.

La zia invece era piccola, vivace, con mobili occhi neri, sempre vestita in abiti di seta e vezzosi cappellini con veletta che le coprivano gli occhi.

La sua era un'antica casa patrizia nel cuore di Treviso, con alte porte di noce intagliate, pavimenti bellissimi di terrazzo veneziano che pareva torrone, costruita nel mezzo di un gran giardino pieno di verde e d'alberi, che si affacciava sul Sile, e che si raggiungeva attraverso una porta carraia coperta di glicine. Mi chiamava Pitusso, pulcino in dialetto veneziano, e questo rimase il suo nome per me anche dopo il mio matrimonio e la nascita dei miei figli.

Ma la mia zia favorita era la zia Vittoria, che chiamavo Vito.

Era altissima per una donna della sua epoca, snella, con capelli color mogano dai riflessi biondi, e un viso stupendo, con vivaci occhi all'insù.

Anche se durante la mia prima infanzia lei doveva essere sui ventotto anni, aveva già quell'indefinibile aria che avevano un tempo le ragazze destinate a rimanere zitelle. Non si sposò mai, infatti, e finì per prendersi cura dei suoi genitori sacrificando la sua gioventù e i suoi anni maturi a una vita monotona e prevedibile, quasi da reclusa.

Appena dopo la guerra fui contagiata, apparentemente dalla figlia della fornaia, "la Pina del pan", da una forma gravissima di pertosse.

Mia madre era allora incinta e la tosse asinina – che non

aveva mai avuto – era considerata un serio pericolo per un neonato.

Venni perciò spedita via di casa, a stare dai miei nonni, che nel frattempo avevano traslocato in una nuova casa a Treviso, dopo che la loro era stata distrutta nei bombardamenti alleati del '43.

La pertosse fu certamente l'evento più significativo della mia prima infanzia, perché mi obbligò a cambiare casa, abitudini, persino città. Tutto.

Lasciare mia madre a un'età così tenera deve essere stata un'esperienza sconvolgente; ma la presenza e dedizione costante della zia Vito, che scelse di dormire con me per potermi curare meglio con infinita pazienza durante notti interminabili di tosse e vomito, quando ululavo come un lupetto, furono per me un'ancora di salvezza.

Si sostituì quasi a mia madre, e con il suo affetto riuscì a compensare il mio senso di smarrimento: ma l'esperienza di essere lontana dalla mia casa mi insegnò un'indipendenza sentimentale che doveva aiutarmi molto negli anni a venire.

Il legame con la zia Vito, finché visse, rimase forte e speciale. C'era in lei una genuina allegria e generosità, un sincero, sorridente entusiasmo: il fatto di avere sacrificato la sua gioventù per aiutare gli altri non aveva lasciato traccia di amarezza o di invidia, e io l'adoravo.

Molti anni dopo – e non molto tempo fa – durante un viaggio in California per la mia fondazione, mia madre mi telefonò che zia Vito era ormai confinata a letto, malatissima, in fin di vita.

Aveva passato da un pezzo gli ottanta, e i medici erano del parere che non le mancassero che pochi giorni prima della fine.

Volai immediatamente a Londra e poi a Treviso via Venezia, tristissima, col cuore pesante, per dirle addio.

Nella sua stanza in penombra piena di mobili e oggetti familiari che mi ricordavano la mia infanzia, la testa su un cuscino di lino tutto sgualcito, nel suo gran letto di mogano, era distesa zia Vito.

Non si accorse di me quando entrai in punta di piedi per non disturbarla.

Sedetti sul suo letto e le toccai lievemente la fronte con le labbra.

Il suo viso devastato dalla malattia sembrava stranamente giovane e indifeso nell'abbandono di un sonno agitato. Le palpebre chiuse, venate di viola, tremarono e aprì lentamente i suoi occhi color topazio.

Una gioia totale li illuminò quando mi riconobbe, e per un momento fu ancora giovane e sana come quando mi prendeva in braccio.

«Amore mio» mormorò «amore mio, sei venuta.» Lo sforzo fu troppo per lei e chiuse ancora gli occhi.

«Un tale dolore, un tale dolore. Se solo smettesse, anche per un attimo.»

Si sforzò ancora di aprire gli occhi.

«Sei mia figlia, mia figlia, sai, la figlia che non ho mai avuto. Felicità. Essere con te, bambina mia, felicità.»

Un lampo di vera felicità sembrò colorare per un attimo le sue guance grigie.

L'infermiera entrò con un vassoio. Lo posò sul tavolino da notte, rassettò il letto, efficiente.

«Non mangia niente. Non ha toccato cibo per tutto il giorno; la bocca le fa male, è piena di vesciche per le medicine. Veda lei se riesce a farle inghiottire qualcosa.»

Barlumi di memoria: una faccia giovane e affettuosa che si curva sul mio visetto di bambina sporco di vomito e lagrime dopo una notte di convulsioni e tosse, una camicia da notte di seta che le fascia il corpo snello, un cucchiaio di brodo, e poi un cucchiao di sciroppo dolce e appiccicoso appoggiato alle mie labbra.

Una voce giovane, piena di pazienza e amore:

«Amore mio, prova a inghiottire. Due gocce; piano piano... Brava, ancora un poco...»

Un cuscino a sorreggere la sua schiena fragile, un cucchiaio di semolino diluito col brodo premuto contro le sue labbra bluastre ma ancora piene: i ruoli rovesciati.

«Vito, solo due gocce, piano piano; ti darà un po' di forza.»

Mi guardava con occhi fiduciosi e attenti, come una bambina. La minestra scivolò e sgocciolò dalle sue labbra semichiuse.

Si era addormentata. Passai due giorni con lei finché dovetti tornare in Kenya.

L'ultima mattina sedetti sul suo letto, tenendole la mano a lungo, senza parlare.

«*Adio*» mi disse. «*Adio*. Vado. Vado dalla nonna... dal nonno... da Emanuele. Non ti vedrò più, amore mio. Grazie per essere venuta. Ti aspettavo, sai. Adesso posso andare anch'io.»

La mia gola era stretta in quell'agonia che conoscevo bene.

«Ci incontreremo ancora. Ma per favore, Vito, dammi un segno. Dovunque io sia, dammi un segno, quando arrivi. Io capirò.» Annuì, a occhi chiusi, già lontana.

Alcuni giorni dopo, tornata in Kenya, a Kuti, salii al mio ufficio costruito alto su pali di *mutamayo*,* che guarda la savana. Non c'era brezza nel calore attonito del mezzogiorno.

Sul mio diario, aperto sulla scrivania come se una fragile mano l'avesse deposto lì di proposito, c'era un fiore fresco di gardenia che nessun vento avrebbe potuto portare.

Con le lacrime che mi scorrevano lungo le guance chiamai mia madre a Venezia col telefono satellitare, e lei mi disse, ma lo sapevo già, che zia Vito se n'era andata.

Zia Otti era senza alcun dubbio la bellezza di famiglia. Capelli lunghi, biondo cenere, collo di cigno, faccia d'angelo, occhi nocciola con pagliuzze d'oro. Si sposò a Cre-

* Ulivo selvatico.

spano, quando io avevo circa un anno. Ho un vaghissimo ricordo di quella cerimonia, qualcosa che deve avere a che fare con ciò che indossavo, motivi di minuscoli fiori arancio e blu su una stoffa di piquet bianco.

Per il matrimonio della zia, la mamma, che aveva mani di fata per cucire, come sua madre, mi aveva confezionato un vestito speciale, con un cappellino a larga tesa della stessa stoffa, per ripararmi il viso dal sole. Ricordo poco, perché ero piccolissima; ma ho invece lampi di memoria di un cugino appena nato, carino, con due fossette sulle guance quando sorrideva e capelli finissimi, biondi e setosi. Era solo di un anno più giovane di me, si chiamava Paolo, ma tutti lo chiamavano Paolino.

Come negli spezzoni di un film familiare, lo vedo seduto nel suo recinto di legno sotto i cedri del Libano, barcollante su gambe ancora malcerte, e ho una immagine vivida di me che indietreggio, incoraggiandolo a fare i primi passi, e così facendo tocco col gomito un ferro da stiro rovente posato sul bordo di un tavolo.

Anche il solo pensarci mi rimanda all'improvviso dolore della mia prima scottatura, e alla meraviglia nell'osservare la mia pelle gonfiarsi in una vescica a forma di L, di cui ancora oggi porto un segno appena visibile. Allora, quando ancora non sapevo leggere, quella strana macchia mi soffocò i singhiozzi, perché la sua forma era identica alla calza di pizzo bordata di nastro rosso che la misteriosa Befana aveva appena riempito di dolci e caramelle nel cuore della notte, per la prima volta in vita mia.

La Befana per me era una vecchia terrificante che viaggiava a cavallo di una scopa come una strega; aveva capelli bianchi lunghi e scompigliati, un mento con verruche pelose e un naso lungo e adunco. Il suo spiacevole compito era di portare carbone ai bambini disobbedienti e di riempire di modesti doni, come cioccolatini e torroni, le calze che i bambini buoni avevano appeso ai focolari.

Era povera, ma generosa in un suo modo burbero, e si infilava nel camino coperto di fuliggine per lasciare i suoi doni e consumare un magro pasto a base di pane e formaggio e di un bicchiere di vino rosso che le preparavano per rabbonirla.

Mentre dormivo un sonno inquieto, popolato dalle immagini paurose di questa specie di strega che s'insinuava nella nostra casa sicura, mia madre sistemava i regali e fingeva di mangiare il cibo, lasciando segni di unghie sulla forma del pane e di denti sul formaggio, bevendo il vino, ignara del terrore che queste prove dell'esistenza della Befana avrebbero lasciato nella mia fantasia.

"La Befana vien di notte con le scarpe tutte rotte col vestito da furlana, viva viva la Befana" cantava la bambinaia di Paolino. Era una ragazza grande a grossa, con i capelli chiari e una carnagione rubiconda, ed era l'immagine della salute quando spingeva la carozzina blu, ma la sua voce era roca quando cantava, e a mio padre, che era medico e ne sapeva più di noi, questo non piaceva affatto.

Contagiò infatti mio cugino con una forma letale di tubercolosi che divenne poi meningite, una malattia per cui allora non c'erano cure.

"Meningite tubercolare" era una parola nuova e a me incomprensibile, che suonava ostile alle mie orecchie ed evocava visioni di caverne e fossi. E tutta la forza combinata del nostro amore non poté nulla.

Una notte, pochi anni dopo la fine della guerra, quando ci eravamo spostati a Treviso, venni svegliata dal trillo del telefono. Mi alzai e mi mossi verso quel suono sinistro nel buio, e le piastrelle a mosaico bianco e nero erano fredde sotto i miei piedi nudi.

Nell'ingresso mia madre, con addosso una camicia da notte rosa, era seduta sull'antica cassapanca intagliata che un giorno mi avrebbe seguita in Africa. Reggeva il ricevitore del telefono goffamente, come se si fosse trasformato in un nero insetto repellente, e ripeteva con una voce adulta, assente, strana, atona e irrevocabile, che non conoscevo e che mi spaventò, una voce che non volevo sentire e che mi fece scoppiare a piangere:

«*El xe morto, el xe tuto finio.*»

I dettagli della triste fine di Paolino vennero, frammentati, nel corso delle ore seguenti, ma non mi si diede mai una vera spiegazione, perché quelli erano ancora i tempi in cui gli adulti pensavano che i bambini non possano capire la morte, e si debba nascondere loro la verità.

Le loro parole, incaute nel dolore, raggiunsero ugualmente le mie orecchie curiose e mi colpirono profondamente, come tutto ciò che non si vede di persona perché l'immaginazione interviene a riempire le lacune aggiungendo dettagli non veri.

"I capelli gli erano cresciuti fino alle spalle, durante la malattia..." e io immaginavo i suoi capelli così fini, lunghi sulle spalle bianche; "... all'ultimo si è messo a sedere e ha buttato indietro la testa di scatto" ed ecco che mi appariva il lenzuolo di lino ricamato tutto zuppo di sudore, e un cuscino con l'impronta del suo piccolo corpo.

Cercai di capire, ma qualcosa mi sfuggiva.

Tutto sembrava uguale, ma era come se una grande ala cattiva avesse gettato un'ombra sulla nostra famiglia, lasciando gli adulti depressi e silenziosi e creando una cortina di malinconia che anche i miei versi infantili non riuscivano più a dissipare.

Zia Otti, che con la sua luce aveva illuminato ogni stanza in cui entrava, si trasformò nell'ombra grigia e indifferente di se stessa; la sua voce perdette la sua musica e i suoi occhi vuoti il loro colore.

In questo cambiamento esteriore che tanto mi sconvolse accettai, senza dirlo a nessuno, l'irreparabile riflesso della morte che tutto oscura e rovina, e capii allora per la prima volta che allo stesso modo, senza alcun segno esteriore, silenziosamente, nei loro vasi, appassiscono i fiori.

V
L'AMICA INVISIBILE

> Cos'è un amico? Un'unica anima che abita due corpi.
>
> ARISTOTELE

Del giorno in cui incontrai per la prima volta mio padre ricordo l'atmosfera di timorosa festa, i sussurri interrotti, e l'odore delle assi di legno del pavimento dell'anticamera in cui mi fecero dormire, così che la mia presenza addormentata non disturbasse l'intimità dei miei genitori. Erano passati anni da quando mio padre e mia madre erano stati insieme, praticamente da prima della mia nascita.

Ora la guerra era finita, e mio padre era tornato. Era scappato dal carcere in cui lo avevano rinchiuso per mesi dopo averlo catturato mentre operava come ufficiale di collegamento per gli Alleati durante la Resistenza, al comando di un gruppo di partigiani che faceva base nelle colline di Col di Luna, nel nordest del Veneto.

Mio padre era tornato, e l'emozione e l'eccitazione di questa novità non mi facevano prendere sonno: i sussurri dall'altra parte del tramezzo, in cui prevaleva la voce forte e mascolina, erano un suono estraneo che filtrava attraverso il muro sottile che mi separava da mia madre per la prima volta in vita mia.

La figura del padre per me era stata fino a quel momento il mio nonno materno, la persona più importante del mondo, che ammiravo e credevo onnipotente.

Il nonno era un uomo dai modi gentili, alto, attraente nonostante fosse prematuramente calvo, con lineamenti regolari, una testa ben formata, una bocca generosa e scintillanti occhi bruni.

Era elegantissimo, sempre vestito impeccabilmente, in modo tradizionale e all'antica. D'inverno, per tenere caldi i piedi, indossava ghette di feltro grigio sopra le scarpe lucidissime, come zio Paperone nei fumetti di Walt Disney. Ci teneva molto alle scarpe, di cui aveva una collezione impressionante: naturalmente dovevano essere fatte a mano su misura e lustre come specchi. Aveva inoltre dozzine di camicie, di seta, di cotone e di lino, in ogni sfumatura possibile, tutte col monogramma ricamato in blu sulla sinistra. I suoi completi erano per ogni occasione, e stagione: cachemire finissimo, flanella grigia, gabardine beige, lino blu o bianco, principe di Galles bianco e nero, smoking e tight. Non ricordo di averlo mai visto senza cravatta.

Usava anche un bastone, e portava sempre il cappello, di paglia di Firenze d'estate, e di feltro inglese d'inverno; lo toccava cortesemente quando incontrava qualche conoscente, un gesto che, quando la persona era una signora, era seguito da un rapido accenno di baciamano.

La sua voce era calma e misurata, era pazientissimo quando era con me, e io lo adoravo.

Il ritorno di mio padre portò una nuova dimensione alle nostre vite. Molti giovani venivano a trovarci, e di sera il giardino echeggiava di canti partigiani, di giochi e musica e dell'allegria ritrovata degli adulti.

Le piccole luci verdi e rosse che avevano annunciato gli aerei che arrivavano a bombardare il paese addormentato non disturbavano più le nostre notti, e il rifugio antiaereo in fondo al giardino, che aveva dato riparo ai nostri vicini e a metà villaggio in tempi recenti di terrore, era ritornato a essere semplicemente una collinetta erbosa su cui mi arrampicavo per giocare; nell'oscurità umida e sicura delle stanze che racchiudeva, tenevamo in fresco le bottiglie di buon vino che avevano cominciato a riapparire sulla nostra tavola.

Fu proprio allora che un giorno, contro l'orlo lontano di perdute montagne, celesti come gli orizzonti familiari di tutti i nostri ricordi, notai con sorpresa il segno improbabile, formato da grandi alberi piantati secondo un grandioso disegno di due lettere dell'alfabeto. Una immensa M, verde scura sul vasto prato in declivio, e, più sopra, una M rovesciata, cui mancava il tratteggio di qualche pianta: era come se una gigantesca mano avesse interrotto il suo scrivere, colpita da un ripensamento improvviso.

Mi dissero che le due lettere significavano W Maria.

Me lo spiegarono in fretta, senza aggiungere altro, come fanno spesso gli adulti quando non hanno tempo di dilungarsi a nutrire la curiosità dei bambini.

Uno dei nomi che mi erano stati imposti era, appunto, Maria: non sapevo ancora e non mi venne in mente che le lettere si riferissero a Maria madre di Gesù e, siccome la religione e le sue pratiche non erano molto popolari in famiglia, credetti, senza comprendere mai realmente perché, che si riferissero a me: tanta era la sicurezza che mi era stata infusa dal sentirmi amata, centro di tutte le attenzioni, sempre seguita da venti occhi, coccolata dagli adulti per cui ero la speranza di tempi difficili e di incerti domani

Eppure, ero sola.

Nei pomeriggi in cui mi mettevano a riposare in un grande letto dalle fresche lenzuola di lino ricamate a punto pieno, io seguivo sul soffitto giochi d'ombre, riflessi di sole nella penombra, come figure cui prestavo i nomi che avevo udito, visi intravisti, forme plasmate dal mio desiderio di amici, di piccoli coetanei per i miei giochi solitari di primogenita e figlia unica durante quei giorni della Seconda guerra mondiale, nel paesino del Veneto dove eravamo sfollati.

Nacque così, in un dopopranzo qualunque – mentre tutti, appesantiti dal pasto abbondante, facevano la loro siesta quotidiana, e il pulviscolo d'estate tagliava in una lama di luce la penombra della stanza – la mia amica segreta.

Franca Carletto arrivò d'improvviso, ma forse lungamente l'aveva costruita la mia fantasia, il desiderio di avere qualcuno con cui dividere gli impalpabili segreti, le corse sui prati, le margherite e il ribes e le fette di torta di mele che, qualche volta, erano troppo grandi per me. Filtrò dalle fessure delle imposte screpolate di legno, nel silenzio popolato di sogni della casa addormentata.

Lontani, impigriti dalla calura, giungevano i rumori attutiti di tutti i pomeriggi d'estate: seghe ronzanti come grossi insetti ebbri di sole, frinire intenso di invisibili cicale, un coro di uccelli diversi, indaffarati nel fresco dei rami, e l'usuale annuncio delle galline alla rinnovata sorpresa dell'uovo.

Sentii la sua presenza con una certezza che non avevo mai provato prima; mi alzai a sedere sul letto e le detti il benvenuto nella mia vita col batticuore con cui si riconoscono i sogni avverati.

Subito la salutai con quel nome domestico, udito chissà come e che non cambiò mai più; le feci posto accanto a me, e da quel momento lei fu con me sempre, finché bambini veri con cui giocare la resero inutile e superata. Ma dei miei amici fu la più fedele, e, forse, poiché non ebbe mai un viso definito e cambiò sempre aspetto e colori, voce e carattere secondo il capriccio delle mie giornate, fu anche la mia amica migliore, flessibile ai miei desideri come una persona reale non può essere mai.

Non ebbe voglie che non fossero le mie, sfogai su di lei tutte le mie ire e l'amai, prestandole senza riluttanza i giocattoli più preziosi, certa che non li avrebbe mai profanati.

Ricambiai la sua assiduità, la pazienza del suo seguirmi quieta, ascoltando i racconti – non più monologhi – che avevano interrotto il mio lungo silenzio e non dimenticavo mai di lasciare per lei i migliori bocconi, che accantonavo con cura sul bordo del piatto, prima di cominciare a mangiare. Mi appollaiavo per farla sedere sull'orlo della mia seggiolina di vimini, e, dopo essermi lavata le mani, aspettavo, porgendole l'asciugamano, che lo facesse anche lei.

Mi addormentavo schiacciata contro la parete – ricordo ancora l'odore gessoso dell'intonaco – per farle spazio, e le davo la buonanotte con un bacio nel vuoto.

Mia madre cominciò a impensierirsi. Ricordo un rapido scambio di occhiate al di sopra della mia testa, il giorno in cui annunciai che la mia amica Franca Carletto, da allora in poi, sarebbe vissuta con noi e avrebbe mangiato, dormito, giocato con me.

A loro credito, devo dire che non cercarono mai di distruggerla: presentirono, con l'intuizione suggerita dall'affetto, che non li avrei mai perdonati, e furono consci della difficoltà di demolire un essere incorporeo e nello stesso tempo reale, onnipresente, impalpabile, con l'ambiguità degli elfi e l'assenza di difetti che solo possiedono le illusioni. Finirono così per accettarla, spingendosi talvolta – e suscitando in questo modo i miei sospetti – ad aggiungere un piattino di cibo alla mia tavola, o a informarsi con tatto, se la mia amica non fosse stanca per tutto quel giocare nel sole e se non sarebbe stato gentile suggerirle di venire a riposare con me, all'ombra dei pini.

Cercarono, attraverso di lei, di farmi fare volentieri ciò che ero restia ad accettare; ma presto lo capii, perché ero una bambina sveglia e curiosa, pur nelle mie ingenuità. Non ne risero mai – e fu importante per me – perché se l'umorismo può salvare, una risata stonata può uccidere, e la fragilità dei sogni non sopporta le sferzate dell'ironia.

Poi un giorno arrivò nella mia vita un bambino. Era biondissimo, con gli occhi molto chiari. I suoi genitori erano svizzeri e, non appena finita la guerra, avevano comprato nel paese una grande villa antica, con alberi misteriosi, non lontana dalla casa del nonno, e avevano fatto amicizia coi miei. Aveva la mia stessa età, era solo come me e si chiamava Raoul.

Ricordo benissimo la prima volta che mi venne a trovare per giocare: entrò nel vestibolo ombroso quasi correndo, e il sole alle sue spalle faceva sembrare bianchi i capelli dritti che una forcina puntata di lato gli tratteneva sulla fronte alta.

Indossava pantaloncini corti, di pelle, con una stella alpina impressa nel cuoio della pettorina, e pensai che quello era il vestito più strano che avessi mai visto. Rideva, e prendendomi per mano mi dette subito un bacio; poi mi offrì una campanellina d'argento, piccola, come la miniatura di quelle che le mucche portano al collo per non perdersi nei pascoli alpini.

Mentre la prendevo, dimentica di tutto il resto nella grande gioia di possedere un oggetto così raro e prezioso, con la coda dell'occhio avvertii come un frullo, e non ci feci caso.

Con la coda dell'occhio – ora lo so – vediamo le cose più strane, quelle che non rientrano nelle nostre convenzioni e nelle dimensioni che conosciamo: fiori appassiti, sussurri interrotti, volti sfumati, sbiaditi merletti e bianche figure ritagliate nel passato, violette candite del ricordo, profumi esauriti di lavanda, inconfessate speranze e sottili malinconie che la ragione non riconosce.

Senza rimorsi, come è giusto, me ne andai a giocare nel sole con il mio nuovo amico.

Solo molti anni dopo, ritrovando per caso in un portagioie di mia madre la campanella d'argento tutta annerita, e con essa una perduta consapevolezza, mi ricordai della mia amica invisibile, e di quando se n'era andata.

VI
LE NEVI DI UN TEMPO

Mais ou sont les neiges d'Antan?*

FRANCOIS VILLON,
Ballade des dames du temps jadis

Ovunque viviamo, in qualsiasi cosa crediamo, le nostre vite sono governate da riti. Fra questi forse la celebrazione del Natale è uno dei più significativi, non importa se pratichiamo una religione o no, perché è divenuta un'occasione per incontrare regolarmente parenti e amici, scambiare doni e celebrare la famiglia e l'amicizia.

Nel corso degli anni ho passato molti Natali in Kenya, nell'afa della costa, quando gli alberi di Natale erano rami di corallo decorati con conchiglie spruzzate d'argento, i pranzi erano a base di grandi filetti di *cole cole* grigliati e ostriche di scoglio, e Babbo Natale arrivava su un cammello.

Eppure ci sono stati nella mia vita dei Natali in un certo senso ancora più speciali, che mi ricordo in modo più vivido di altri, anche se – come per tutto – inevitabilmente le nebbie del tempo hanno sfuocato i dettagli e parzialmente offuscato i ricordi.

Del Natale del 1946, quando nacque mia sorella, ricordo distintamente tre cose: la neve, la pertosse e il fantastico presepio di Gianfranco Mantovani, che chiamavamo affettuosamente Ciccio.

Ciccio era l'unico figlio del primario chirurgo dell'ospe-

* Ma dove sono le nevi di un tempo?

dale di Crespano ed era più grande di me di dieci anni; doveva perciò avere tredici anni, allora, e la sua passione erano i motori e tutto ciò che aveva a che fare con la meccanica. Il suo presepio era infatti dotato di un moderno trenino elettrico, che attraverso un percorso tortuoso entrava e usciva da gallerie, attraversava ponti, si inerpicava su colline di cartapesta, per accelerare infine davanti a una stalla dove uno stupefatto gruppo di pastori di gesso aspettava miracoli.

Occupava una stanza intera, nella quale Ciccio passava lunghe ore, sdraiato sullo stomaco, a manovrare le sue locomotive in miniatura e i vagoni caricati di sassolini e sabbia attraverso improbabili paesaggi dove pini di cartone e palme crescevano insieme, vicino a laghi, ricavati da frammenti di specchio, immersi in ciuffi cespugliosi di vero muschio.

I Mantovani erano nostri amici – il padre era anche il nostro medico – e la villa dove vivevano era vicina alla nostra. Durante la guerra, per evitare l'onnipresente pericolo di attraversare le strade pubbliche nelle ore di coprifuoco, avevamo tagliato una parte della siepe che divideva i nostri giardini, cosicché le famiglie si potessero far visita senza uscire per la strada.

La pratica di arrampicarsi su un gradino di pietra che era stato sistemato lì allo scopo, e di attraversare il basso muro coperto di rampicanti sempreverdi là dove era stata tagliata la siepe, veniva chiamata "*saltar el mureto*".

Accadeva così che Ciccio – che come tutti i ragazzi nell'età della crescita sembrava insaziabile – dopo aver pranzato a casa sua, saltava oltre il muro e si univa a noi per pranzi e colazioni, e naturalmente mangiava di nuovo.

Tutti gli volevano bene, e dopo la fine della guerra incominciò a passare molto tempo con mio padre, che lo trovava un compagno ideale ed entusiasta per passeggiate e spedizioni di sci sulle colline coperte di neve dei dintorni.

Quel primo Natale, dopo il ritorno di mio padre, fu un periodo magico per me: il primo albero di Natale della mia vita e l'odore di aghi di pino, l'ufficiale inglese di nome Nicholson che era nostro ospite e che mi diede la mia prima tavoletta di cioccolata e il mio nomignolo, che mi avrebbe accompagnata per sempre: *Cookie*,* scritto: Kuki.

Ma anche dopo, quando ero più grande, Natale era sempre una grande festa.

Si annunciava col suono di campana che filtrava dalle imposte chiuse, nella luce grigia di una mattina del 24 dicembre, la vigilia di Natale.

Nel soggiorno l'albero era già pronto, decorato con pezzi di stagnola e forme esotiche di fragili uccelli fantastici, fatti di vetro argentato e verde, i becchi lunghi e ricurvi, stranamente simili a quelli dei *sunbirds* equatoriali che avrei osservato in Africa, anni dopo, in un veloce sbatter d'ali, succhiare il nettare dalle aloe arancioni nel sole del mio giardino.

In un angolo un presepio, un mondo improbabile ricostruito con la fantasia – come Betlemme fosse realmente ce lo potevamo solo immaginare – completo di statue dipinte di pastori e di donne in lunghi abiti, che con le braccia alzate sulla testa reggevano anfore, di pozze di vetro in cui nuotavano oche di celluloide, di erba finta, cammelli e cammellieri, e un piccolo branco di pecore guardate da un ragazzo in tunica.

Una stalla, un asino e un bue, una madonna vestita di blu con un velo bianco, un modesto e barbuto Giuseppe in tonaca marrone, una mangiatoia vuota dove, durante la notte, avrebbero segretamente deposto un bambino Gesù nudo e rosa, che pareva avesse già cinque anni, e che noi bambini avremmo scoperto l'indomani.

Non mi avrebbero portato la colazione a letto quel gior-

* Biscotto.

no, perché dovevo fare la comunione con lo stomaco vuoto fin dalla mezzanotte del giorno precedente, e sarei uscita presto per andare alla prima messa nella cattedrale, con le sole persone che in famiglia andavano in chiesa; la nonna, zia Vito e una domestica.

La cattedrale era silenziosa e apparentemente deserta nella prima mattina. Nella debole luce color zaffiro e smeraldo che spioveva dalle grandi vetrate decorate con storie del Vangelo entravamo in una piccola porta seminascosta dietro l'altare centrale e, mentre io aggiungevo le mie piccole impronte sui gradini consunti a quelle lasciate da chissà quante processioni di fedeli nei secoli, scendevamo nella cripta, con i suoi odori stantii di antichi sepolcri, di incenso e pietre umide.

In una serie di alcove successive con soffitti a volta erano altari illuminati da centinaia di candele, crocifissi sofferenti e cuori votivi d'argento, reliquie polverose, e, dentro teche con coperchi di vetro, scheletri ammuffiti di oscuri santi da tempo dimenticati.

Vecchie con le teste coperte da fazzoletti s'inginocchiavano mormorando preghiere, chierichetti più giovani di me scuotevano turiboli lucenti, l'incenso si sollevava in nuvole aromatiche che pervadevano ogni angolo, preti in abiti neri e stole di pizzo bianco intonavano litanie e benedicevano calici di vino santo, e fantasmi pagani di riti precristiani sembravano levarsi dalla nebbia dei millenni.

Fuori il freddo ci arrossava le guance, la donna all'angolo con i suoi mezzi guanti grigi vendeva caldarroste, e la casa dei nonni aspettava: la cucina illuminata, i tavoli ricolmi di cibi da preparare, branzini, tazze di maionese, montagne di gamberetti minuscoli appena bolliti che aspettavano di essere sgusciati.

I più pregiati gamberetti dell'Adriatico, delicatissimi, erano rosa, minuscoli come dita di bambini. Le mie mani erano più agili e veloci di quelle degli adulti e per questo mi veniva dato un grembiule e io mi sedevo, orgogliosa, ad aiutare. Era una tradizione veneta avere pesce per il pranzo della vigilia, la cosiddetta "Cena di magro", e in quell'occasione il menu della nostra famiglia era sempre lo stesso.

Cocktail di teneri gamberi in salsa aurora, risotto al vino bianco fatto con un brodetto di pesce alle erbe, branzino al vapore con patate al prezzemolo, olio d'oliva e limone, una quantità di diversi croccanti e torroni di nocciole e mandorle, praline, albicocche secche, prugne, noci e marrons glacés per dessert.

Quando tutti gli ospiti, e i cugini e gli zii e le zie erano arrivati e gli aperitivi erano serviti, d'improvviso udivamo un rumore di zoccoli sul terrazzo e noi bambini ci immobilizzavamo in attesa.

«È arrivato Gesù Bambino!» esclamava allora qualcuno. «Il suo asinello è qua.» Babbo Natale era ancora una tradizione straniera, e solo anni dopo la fine della guerra e sotto l'influenza americana la sua figura pagana e rubiconda avrebbe sostituito le vecchie abitudini.

L'albero brillava di cento candele vere e i regali erano già disposti quando i bambini entravano in processione con esclamazioni di meraviglia e di anticipazione.

Il giorno seguente, il sonnolento, festivo pranzo di Natale sarebbe stato a base di tortellini in un brodo ricco e profumato di sherry, faraona arrosto con salsa pearada, radicchio alla griglia, funghi chiodini, un panettone burroso, champagne e vin santo.

Ogni anno c'erano le stesse persone, e ognuno a suo modo poteva notare il passare del tempo dai ritocchi che il sottile pennello della vita apportava sui visi familiari di coloro che amavamo.

Come in una recita ripetuta infinite volte, i bambini nati alle coppie più giovani sarebbero entrati in scena dalla bianca porta a destra, i neonati avrebbero imparato a camminare, i ragazzini sarebbero diventati più saggi, un'ombra di barba sarebbe apparsa sui loro menti, le ragazze sarebbero sbocciate in giovani donne attente al loro aspetto, per poi maturare in fiori pieni e sensuali; gli anziani sarebbero divenuti ancora più vecchi, i capelli più radi, il corpo più curvo, e alcuni sarebbero usciti lentamente o improvvisamente dalla porta nera di sinistra, per non tornare mai più a far parte di quei lunghi, ripetuti pranzi di Natale.

Intorno al tavolo le facce radiose della mia famiglia riunita nella pallida luce invernale mi rimangono stampate nella mente come un dagherrotipo, le cui ombre e sfumature non potranno mai del tutto svanire.

Il periodo che seguiva Natale era quello pagano e gioioso di Carnevale – in Italia a quel tempo ancora ricco di feste, elaborate maschere veneziane, musica e cene, grovigli di stelle filanti, coriandoli e un'abbondanza di cibo e cene prima della Quaresima. La nonna, che aveva una passione per i dolci, eccelleva nella preparazione delle leccornie fritte che sono tipiche di questo periodo di abbondanza. Le faceva arrivare in grandi vassoi per le mie prime feste di ragazzina: frittole con uvette, crostoli con i bordi sfrangiati coperti di zucchero vanigliato, castagnole con la crosta burrosa, bignè ripieni di zabaione tiepido, meringhe di zucchero biondo con panna montata freschissima, caramelli croccanti con qualche spicchio di mandarino, fichi freschi, uva infilzata in spiedini di legno intinti in biondo zucchero caramellato e i fragranti, leggerissimi krapfen con un tiepido cuore di marmellata di albicocche che sgocciolava sul mento se non si stava attenti. Le mie prime "festine" si trasformavano rapidamente in trionfi gastronomici di pasticceria, e i ragazzi, ancora con le voci roche da giovani galletti e l'appetito dell'improvvisa crescita dell'adolescenza, dimenticavano le danze e le pose da uomini fatti con cui volevano fare colpo e si tuffavano senza vergogna sui dolci.

L'altra grande festa era Pasqua.

Lo spirito della Pasqua e la stagionale abbondanza di uova erano annunciati ogni anno da un dolce, sempre lo stesso, che una paziente di mio padre gli mandava in regalo.

Era un pan di spagna giallo con un vago aroma di mandorle, ricoperto di glassa rosa. Un uovo sodo vero, dipinto di un turchese pallido, era sistemato al centro e una fila di piccolissime uova di zucchero in vari toni di pastello era incastonata lungo il bordo.

Subito dopo dipingevamo dozzine di uova, le bollivamo in acqua diluita con aceto per fissare il colore e poi le disponevamo sui tavoli in piccoli cestini foderati di carta. Quando le mangiavamo, vedevamo gli albumi di un colore blu marmorizzato, come gigantesche uova di storno.

C'era, a Pasqua, un'atmosfera festosa, il risvegliarsi della primavera dopo un lungo inverno passato in casa. Con l'allungarsi e intiepidirsi delle giornate, boccioli simili a stelle gialle apparivano sui rami delle forsythie, crochi e giacinti rompevano la dura crosta di terra invernale; nuvole di fiori rosa trasformavano gli alberi di pesco e melo che punteggiavano i pendii dei colli come nei paraventi di seta orientali; nuovi boccioli segreti e freschi spuntavano tra l'erba; le margherite e i ranuncoli, le violette e i grappoli polverosi delle mimose inghirlandavano le prode dei fossi.

Il vento perdeva il suo morso e noi indossavamo nuovi abiti color pastello, mentre la nonna sciorinava la sua collezione di cappellini estivi, decorati con mille tipi di velette e di nastri.

Detestavo invece il venerdì santo, perché in omaggio alla tradizione la nonna visitava sette sepolcri in sette diverse chiese e si aspettava che io l'accompagnassi.

Le chiese erano in penombra. Erano spente anche le lampade rosse che indicavano la presenza dell'ostia consacrata nei tabernacoli ai lati degli altari, addobbati con paramenti viola in segno di lutto. L'atmosfera era cupa: i preti vestivano abiti disadorni con stole viola e senza i soliti ricami, e davanti all'altar maggiore erano statue spaventosamente realistiche di Cristi agonizzanti appena deposti dalla croce.

Alcuni, forse la maggioranza, erano capolavori di famosi antichi maestri, ma a me questo non importava affatto.

Ricordo interminabili code di vecchiette coi capi grigi avvolti in fazzoletti neri, signore in guanti e cappelli, i cappotti guarniti di visone o di agnello persiano – nella mia memoria erano soprattutto le donne ad andare in chiesa.

Quando veniva il mio turno anch'io m'inginocchiavo e baciavo, impietrita, le stigmate cadaveriche che si aprivano come fiori nei palmi, racchiusi da dita adunche come artigli, perforati dai chiodi della croce. La ferita della spada nel torace emaciato, i fori nei piedi magri, bucati da enormi chiodi, dove sangue di gesso si coagulava, erano freddi contro le mie labbra serrate.

Tutti i Gesù avevano lineamenti buoni, segnati dalla sofferenza dell'agonia, la loro pelle aveva sfumature di verde e grigio, era tesa su guance scavate, gli occhi semiaperti, mentre crudeli, lunghissime spine tormentavano la fronte di marmo o di legno con i lunghi capelli incolti, da antico hippy. Io tenevo gli occhi chiusi, terrorizzata, immaginando di non essere lì.

Nella cappella del Collegio Zanotti, dove durante la settimana andavo a scuola, due monache prone sul pavimento di marmo, con le braccia tese in supplica oltre le loro teste velate di nero, pregavano penitenti immobili per ore.

Avrei voluto scappare, ma la nonna, che amavo e non volevo ferire, mi teneva, strettissima, la mano.

VII
UN CACCIATORE GENTILE

... and the hunter, home from the hills.*

R.L. STEVENSON, *Underwoods*

Vi sono sapori della mia infanzia che mi fanno tornare ad altri luoghi e ad altri giorni: sere intorno a un camino in campagna, seduta su sedie alte, luccichii di rame e argenteria, sapore di caldarroste e di vino nuovo, schidioni di uccelli che girano lentamente su uno spiedo, sciroppi e giulebbe, *baicoli*** e rosolio.

Quando le nebbie di novembre si alzavano sui campi, e le viti si indurivano nelle prime gelate mattutine; quando globi dorati pendevano, inaspettati, dai neri rami contorti e orientali dei cachi, e l'erba gelata diventava sbiadita e ruvida, il nonno andava a caccia di allodole con la sua civetta e lo specchio che ruotava.

Questo mi affascinava.

La civetta era uno strano uccello, quieto, con larghi occhi tondi e gialli e palpebre pesanti che di tanto in tanto sbattevano, come accade a noi umani. La sua presenza, unita al luccicare dello specchio, attraeva nugoli di uccelli.

Molti anni dopo in Africa notai che gli uccelli si comportavano nello stesso modo con i serpenti, come se il pericolo li eccitasse e li attraesse.

* ... e il cacciatore, a casa dalle colline.
** Biscotti secchi veneziani.

Tutte le volte in cui sentivamo un fracasso di strida, un'eccitata cacofonia di cinguettii e ali sbattute sopra i nostri abbeveratoi o su uno o l'altro cespuglio del giardino, andavamo a vedere, perché molto probabilmente gli storni e i tessitori stavano cercando di dire al mondo che avevano trovato un serpente.

I cani avrebbero formato un cerchio curiosamente appena fuori della portata dell'attacco, e si sarebbero messi ad abbaiare in coro, con un verso d'allarme monotono e ripetitivo.

Gli uccelli si concentravano sull'esatto punto in cui una vipera soffiante se ne stava arrotolata sibilando.

Nella stessa maniera coppie di stornelli dalla coda lunga venivano all'alba ad attaccare con urli di guerra la loro immagine riflessa negli specchi delle stanze, insudiciando le mensole di legno se dimenticavamo di chiudere le finestre di notte.

La civetta viveva di una dieta di fegatini di pollo tritati, ma aveva bisogno della fibra contenuta nelle penne delle sue prede per il suo sistema digestivo, e talvolta squartava velocemente ed efficientemente un piccione domestico. Dopo poco puntualmente rigurgitava una pallina di piume non digerite, una palla dura e strana, fioccosa e bagnata, che sembrava un incantesimo di *muganga*.*

Ero colpita ed eccitata dal rituale dei preparativi: il nonno partiva prestissimo il mattino, accompagnato dal suo chauffeur Costanzo, qualche coperta di lana scozzese di scorta nel baule della macchina, un thermos in metallo pieno di caffè bollente in una custodia di cuoio e un cesto da picnic zeppo di ogni tipo di sandwich, nella cui preparazione eccelleva: ci sarebbero stati panini ovali al latte spalmati di un velo di senape e farciti di dolce, insupera-

* Stregone.

bile prosciutto di San Daniele e di carciofini sott'olio; panini tondi pieni di maionese al limone, tonno a fiocchi, prezzemolo tritato e un'oliva verde come tocco finale; e fette di pane integrale riempite di provolone e pomodoro maturo, o salame e rucola. Ci sarebbe stata una fiaschetta di cognac, per emergenza, e una scatola di cioccolatini amari, per "scaldare il sangue".

Tornava la sera stessa, accolto da grande eccitazione, ed esclamazioni di "*El xe tornà!*", portando, in lunghe collane di piume castane e color carbone, dozzine e dozzine di uccellini.

Le piccole teste ciondolavano sui fragili colli sottili quando li spennavamo e, pure nell'eccitazione del momento, mi dispiaceva vagamente per loro.

La cucina in poco tempo si riempiva di piume, che svolazzavano fuori dai grandi secchi di zinco che erano stati sistemati apposta sul pavimento, e sui tavoli di marmo si accumulava una montagna di corpicini.

Presto, inframezzate da fette di pancetta e foglie di salvia e infilzate in lunghi schidioni, le allodole avrebbero girato lentamente nel grande spiedo di rame lucente.

La nostra casa si sarebbe riempita di un aroma succulento, e gli uccellini, divorati avidamente e senza rimorso, sarebbero divenuti un pranzo da re.

Mio nonno aveva un'anima gentile, era di natura calma e prudente, e la sua passione per la caccia sembrava contrastare col suo carattere pacifico.

Eppure c'erano degli episodi che lasciavano intravedere qualcosa della sua vera indole.

La casa di città dei nonni aveva sul retro una grande veranda che dava sul fiume Sile, coperta da una pianta di glicine straordinariamente rigogliosa.

Nella stagione secca, quando il livello dell'acqua scendeva e isole di melma maleodorante apparivano in mezzo alle lunghe alghe verdi del fiume, mostruose pantegane – ratti d'acqua dolce grandi come conigli dalle lunghe code spelacchiate – nuotavano a riva e si arrampicavano lungo il tronco del glicine per rubare il cibo dalla cucina.

Il nonno aspettava con gioia questo momento, perché gli permetteva di prendere il fucile; allora con uno strano barlume febbricitante ed eccitato negli occhi buoni, tra suppliche agitatissime della nonna e della zia che lo pregavano di fare attenzione, si metteva a sparare alle pantegane.

Nella mia totale ammirazione per lui, questo sparare nel mezzo della città, a cui nessuno sembrava far caso, non mi era mai parso strano, ma se ci ripenso adesso devo ammettere che era un fatto abbastanza straordinario e che non corrispondeva affatto alla persona dolce e calma che conoscevo.

VIII
INFANZIA, COME UN RICORDO

Per Emanuele

White childhood, moving like a sigh
through the green woods.*

W.H. ANDEN, *New Year letter*

Mio figlio Emanuele, allora un bambino, e io, dopo la separazione dal mio primo marito, vivevamo con mia madre in una villa sulle sponde del fiume Brenta, in un posto che si chiamava Mira.

Un giorno qualunque, scelto a caso attraverso la moltitudine dei giorni passati che è stata la mia vita.

E la tua, Emanuele.

Scegliamo un giorno di novembre, a Mira.

La mattina viene con dita fredde, bussando alle imposte gelate che hanno conosciuto molti inverni.

Nella mia stanza, arredata con mobili antichi e tappeti, il letto di ottone e ferro che ha nel suo destino di seguirmi in Africa che luccica nella penombra, il mattino arriva con la tonda faccia benigna di Sandra, che sorride amichevole sopra la tazza di tè.

«Buongiorno signora...» dice, aprendo prima la finestra, poi le imposte, lasciando entrare allo stesso tempo un alito di gelata aria mattutina. Tre finestre, e il cielo plumbeo, e la nebbia grigia fluttuano nella mia camera come un vapore sottile.

* Bianca infanzia che si muove come un sospiro tra i boschi verdi.

Sorseggio il mio tè al limone e scorro velocemente le testate del giornale.

Poi, tu bussi. So che è la tua piccola mano di bambino, perché ho sentito il suono dei tuoi ultimi passi in corsa lungo il corridoio prima che tu ti fermassi fuori della mia porta.

Sei entrato, coi tuoi lunghi pantaloni di velluto a coste, un pullover blu e la tua camicia bianca, col colletto ancora a balze, come un'ultima persistente concessione all'infanzia.

I tuoi capelli dritti e la frangia sui tuoi occhi scuri, intelligenti.

Sono mai cambiati, i tuoi occhi?

Li lasciò mai l'innocenza dell'infanzia, o, forse invece, non c'era mai stata?

C'era una saggezza nei tuoi occhi che li rendeva già vecchi anche in quella mattina d'inverno scelta a caso.

Entri a salutarmi, mi baci sulla guancia, la tua pelle fresca tocca la mia per un attimo, mi dici che esci a giocare.

Dietro a te viene la tua bambinaia, Cina, così magra nella sua gonna e nel suo cardigan blu, e regge il tuo cappotto di loden e il tuo berretto.

Te ne sei andato, e io mi avvicino alla finestra per guardarti. Stai scendendo i gradini di pietra fino alla ghiaia del giardino, oltre i cespugli scheletriti di rose, potati da poco, e ormai fuori dal cancello segui Cina lungo la strada del villaggio.

Busso al vetro della finestra, per attrarre la tua attenzione, ma il cancello di ferro si chiude dietro di te, la nebbia grigia sembra inghiottirti, non hai sentito. Te ne sei andato.

In quegli anni i giorni si susseguivano in una specie di gentile foschia. Era il tempo dell'attesa, così che i semi dormienti potessero maturare e il futuro che si preparava lentamente schiudersi.

Lontano, seppellito profondamente dentro di te, era già il desiderio per un mondo esotico di cui avevi solo letto o sentito raccontare da me.

Era un mondo di animali fantastici e di gente diversa.

Un mondo di contrasti e di bellezza sconfinata. Di spazio infinito, di giungle e foreste e savana. Di laghi preistorici e di montagne di quarzo rosa e isole di sabbia nera, di spiagge bianche e oceano blu, di palme che si muovono in una brezza continua, baobab come colonne di templi scomparsi.

Di elefanti che guadano attraverso la boscaglia, come attraverso un mare, e ippopotami addormentati sulle sponde di fiumi sonnolenti e giraffe che brucano i rami più alti delle acacie dalla cima piatta.

Dove la gente vive in capanne di fango secco che sembrano pani o di fronde intrecciate come gialli e tondi canestri rovesciati, o in case di terra rossa con tetti di fuscelli.

Gente che usa drappi che fasciano i fianchi e ornamenti di perle di vetro e pelli e penne di struzzo e coperte rosse o nere e lance. Gente meravigiosa, selvaggia, ancora vicina alla fonte di tutto.

Il più lontano possibile da Mira.

Era una casa triste, in un certo senso. La fila di cipressi dietro il viale dei tigli aveva una tenebrosa intensità, perché nascondeva un cimitero di campagna abbandonato. In quell'angolo del giardino rimaneva la memoria sinistra di quando trovammo il corpo di Moshe.

Moshe era stato un allegro bastardino che si era rifugiato alla soglia della nostra casa durante un violento temporale. Lo avevo trovato lì, tremante, bagnato fino all'osso, che implorava un rifugio e si nascondeva tra cespugli di rododendri ai piedi dei gradini di marmo che portavano all'ingresso. Il pelo irsuto, nero-bruno e giallo, tradiva la sua origine plebea. Era accucciato, avvolto nella sua lunga coda, e mi guardava col miserabile abbandono dei trovatelli che non hanno nulla da perdere. I suoi occhi erano vivaci, mobili e imploranti e mi conquistò immediatamente.

Amo i cani, li capisco, e loro naturalmente se ne accorgono subito.

Aprii la porta, lo avvolsi in una coperta, gli detti del latte caldo sotto lo sguardo sospettoso dei nostri fox terrier, che si mossero per ispezionarlo, lo annusarono curiosi e, avendo concluso che non era una minaccia, lo accettarono con un ringhio bonario.

Gli asciugai le orecchie pendule, baciai il suo naso nero e umido e lo adottai. Lo chiamai Moshe, perché sapevo che significa "salvato dalle acque". Mi seguiva ovunque, giocava con Emanuele e di notte dormiva silenziosissimo su un logoro vecchio kilim ai piedi del mio letto.

Avevamo in quei giorni un domestico che purtroppo non amava i cani. Aveva un carattere violento, che nascondeva con maniere untuose e servili e istintivamente non mi fidavo di lui. La sua attitudine snobistica verso gli animali gli faceva tollerare solo i nostri eleganti fox terrier; fin dall'inizio trovò la presenza di Moshe intollerabile e iniziò, a nostra insaputa, una tenace e malevola persecuzione.

Non seppi mai fino alla fine del martirio di Moshe, perché Angelo era troppo furbo per tradire la sua vera indole, finché Sandra osò confessare tutti i dettagli di ciò che era successo.

Fu verso la fine dell'inverno, che notai che Moshe era scomparso. Lo cercammo ovunque, spargemmo la notizia in tutto il villaggio promettendo una ricompensa a chi ci avesse portato informazioni utili a ritrovarlo.

Ma nessuno lo aveva visto. Angelo disse che c'era stata una cagna in calore nelle vicinanze seguita da un codazzo di cani, e così pensammo che Moshe si era probabilmente unito a loro e, così come era apparso, se n'era andato a vagabondare seguendo il richiamo della sua anima da zingaro, finché magari una macchina di passaggio lo aveva ucciso sulla strada asfaltata.

Settimane dopo, un pomeriggio di primavera – e di ranuncoli e margherite e non-ti-scordar-di-me –, mi avventurai con Emanuele verso quella remota parte del giardino dietro le vigne, dove andavamo di rado. C'era un alto vecchio pozzo di pietra d'Istria grigia, che da generazioni era caduto in disuso.

Non so quale curiosità mi abbia spinto a rimuovere la griglia che ne copriva la bocca, e a guardare dentro. Ma la forma gonfia che galleggiava sulla superficie scura e oleosa del fondo, con l'inconfondibile pelo giallo e nero, e il fetore che ne emanava non lasciarono dubbi.

Con l'aiuto del giardiniere lo tirammo fuori. Il coltello da cucina conficcato nella sua schiena mi fece sperare che non avesse sofferto troppo, aspettando di annegare. La confessione tardiva di Sandra chiarì la storia.

Demmo ad Angelo solo il tempo di fare la valigia, e di prendere la prima corriera per Venezia.

La casa di mia madre era spaziosa, patrizia, con un bellissimo giardino. Era un giardino vasto dove gli antichi alberi gettavano lunghe ombre e il buio calava presto in autunno e in inverno.

Emanuele giocava tra quegli alberi solitari giochi d'avventura, ma era soprattutto in casa, nei lunghi pomeriggi di novembre e dicembre, quando la nebbia gialla che si alzava dal fiume Brenta offuscava il mondo con vapori silenziosi, che la sua fantasia galoppava, lontana, con le figurine delle sue mille storie.

Mia madre gli aveva permesso di usare liberamente il salone centrale del piano superiore della sua casa, e quello era diventato il suo regno. Era una grande sala con il soffitto alto, pavimentata di antico terrazzo veneziano come un croccante picchiettato di mandorle beige, e decorato ad arabeschi rosa, neri e rosso cupo. Era grande abbastanza per gare di tricicli, e per ramificate estensioni di un mondo fantastico di giungle e colline, dove le sue creature di plastica trovavano spazio illimitato.

Aveva l'abitudine di raccontare a se stesso – e a chiunque fosse presente – favole complesse di posti esotici e strani animali, spesso cantando a mezza voce un suggestivo accompagnamento.

Ricordo uno dei suoi inizi preferiti:

"All'improvviso, dal monte Kenya sbucano i cobra, feroci cobra."

La strana, inspiegabile premonizione di un futuro certo, già scritto.

Emanuele. C'era in lui qualcosa che eludeva la mia comprensione, qualcosa che andava oltre la sfera della comune esperienza. Era saggio, più vecchio della sua età, aveva ricordi, e una capacità di ragionamento più matura dei suoi anni, anche quando le ciocche soffici mai tagliate dei suoi capelli s'arricciavano ancora sopra i colletti di piquet ricamati dalle monache, e la frangia dritta gli faceva ombra sugli occhi.

«Emanuele! Emanuele, dove sei? Emanuele, vieni per favore. È tardi!»

La voce sottile di Cina correva inquieta attraverso i corridoi vuoti, i salotti mattutini ancora odoranti del fumo di camino della sera prima, usciva dalle finestre aperte all'aria frizzante di ottobre, oltre il tappeto di foglie gialle che rivestiva d'oro il viale dei tigli, giù lungo la fila di cipressi che nascondeva il vecchio cimitero, oltre la vigna e il pozzo dove avevamo trovato Moshe.

La voce allarmata di mia madre si unì ai richiami.

Il silenzio delle rane rispose nella prima mattina.

Io sapevo dove era andato. C'era una comunione tra noi due, anche se eravamo così diversi; era come se prima di essere stato mio figlio fosse stato mio amico in vite passate, e il modo in cui la sua mente mobile funzionava, la complessità della sua anima segreta per me non erano un mistero.

C'era un vecchio, contorto salice piangente, i cui rami dolenti coperti di foglie pendule non erano stati ancora spennati dai primi venti autunnali. Cresceva in un angolo del prato centrale, reclinato sulle sue fronde, un nascondiglio ideale per un ragazzino che non voleva farsi trovare.

In passato, nella lontana Crespano, da bambina anch'io mi arrampicavo a sognare nell'ombra profumata di un melo, nel giardino del nonno. Ora mi diressi senza esitazione verso il salice.

Tra le foglie verde pallido, occhi scuri, una piccola faccia scrutava, pallida e intensa come un *bush baby** prigioniero. Un grembiulino nero, un colletto bianco rotondo, un fiocco turchino. La sua prima uniforme.

Provai una stretta al cuore. Non volevo essere io quella che faceva finire la sua infanzia. Ma dovevo farlo.

«Scendi» gli dissi, dolcemente. «Non preoccuparti. Vedrai che andrà benissimo. Prima o poi dovrai andare a scuola.»

Ero ancora troppo giovane anch'io, la vita non mi aveva ancora insegnato le sue lezioni più vere, per realizzare la crudele enormità di quello che stavo dicendo.

Aveva cinque anni. Solo molto tempo dopo lessi Lyall Watson:

"Ogni bambino di cinque annni sa già tutto ciò che bisogna sapere... poi lo mandiamo a scuola, e così il frutto comincia a marcire."

* Animaletto notturno africano, specie di lemure.

IX
LA STRADA PER L'AFRICA

«Cammini, cammini fino al fondo della stanza.» La sua voce era autorevole, ma gentile. «No, senza stampelle.»

Il professor Muller mi sfilò da sotto le ascelle i lunghi bastoni metallici che mi ero abituata a considerare parte della mia anatomia.

Nell'estate del 1969 ero stata coinvolta in un tragico incidente stradale che aveva frantumato la mia gamba sinistra e che per qualche anno avrebbe fatto di me un'invalida.

Una serie di errori medici aveva peggiorato la mia situazione, finché non ero riuscita a trovare lui: era senza alcun dubbio il maggiore esperto in questo campo e operava a Berna.

Sollevò ancora una volta la radiografia contro la luce.

«Marchez.»

Zoppicai come un'anatra ferita, saltellando sulla gamba più corta.

Quando mi girai, vidi che aveva la fronte corrugata.

Prima di accettare di visitarmi, aveva già studiato con cura le mie lastre. Ero un "caso interessante".

Avevo capito che, come lo scultore che da un grumo di creta immagina la statua che scolpirà o l'architetto che progetta la complicata ricostruzione di un edificio danneggiato, lui sapeva esattamente che cosa avrebbe fatto, che problemi avrebbe potuto incontrare e come li avrebbe risolti.

Lo guardai con un'espressione di fiducia completa. Era la mia unica speranza di camminare normalmente. Volevo a ogni costo guarire, non solo perché ero giovane, ma anche perché gli anni della mia penosa convalescenza mi avevano avvicinata a Paolo.

Paolo era entrato nella mia vita con passo leggero, come un cavaliere antico o un danzatore di flamenco: aveva portato con sé musica e luce solare, storie e speranze, e mi aveva stregata. Ero innamorata di Paolo e questo significava avventura e Africa, dove un tempo lui era vissuto e dove voleva tornare.

Il professor Muller era il miglior chirurgo per il mio tipo di frattura complessa e l'unico che avrebbe potuto rimediare al disastro di operazioni sbagliate e pesanti gessi che non avevano funzionato.

L'unico che avrebbe potuto rimettere in sesto la mia gamba atrofizzata e contorta, e farmi camminare ancora.

Mi guardò intento.

Baffi sottili, occhi vividi, intelligenti. Le sue mani piccole ma forti reggevano ancora le lastre.

Doveva essere molto anziano ma a me, ancora così giovane, sembrava che quel chirurgo leggendario la cui fama d'innovatore e quasi di mago mi aveva portato sin lì non avesse età.

«Avrà bisogno di tre o forse anche quattro interventi.» Fece una pausa per vedere l'effetto che le sue parole avevano prodotto.

Mi sentii morire. Quattro operazioni sembravano un'eternità, anche se ero un'invalida ormai già da un anno.

Era la mia unica speranza. Quattro interventi. Un piccolo prezzo da pagare per la libertà. Perché, più di qualunque cosa, io volevo andare in Kenya. Feci segno di sì con la testa e lo guardai dritto negli occhi senza sbattere le palpebre.

«Va bene. Quattro operazioni.»

«Non sarà facile.» Mi studiò, alzando pensosamente un sopracciglio. «Si può fare, ma deve aiutarmi. È troppo giovane per essere un'invalida.»

Troppo giovane. Avevo ventisei anni, Emanuele ne aveva quattro, e fino ad allora avevo creduto che mi sarei svegliata da un lungo sonno alla realtà di rimanere, molto probabilmente, un'invalida per il resto della mia vita.

Non potevo permettermi di essere zoppa. Volevo andare in Africa con Paolo. Solo quello importava. Ricambiai il suo sguardo e credo di avere sorriso. Avevo un groppo in gola.

«Grazie» è tutto ciò che riuscii a dire.

Le luci sopra di me mi accecavano. Sbattei le palpebre. Mi sentivo già addosso l'ondata di stanchezza portata dalla preanestesia.

Guardai in su: la faccia gentile e intelligente sorrise. Occhi mobili e scuri. La maschera da chirurgo gli nascondeva i baffi. Mi prese la mano e la strinse, per incoraggiarmi. Mi meravigliai della forza di quella piccola mano.

«Ce la farà. Vede?» La cantilena del suo accento svizzero in un francese altrimenti impeccabile. Agitò una specie di metro a nastro.

«La sua gamba sarà esattamente della stessa lunghezza dell'altra.»

Gli occhi castani ammiccarono. Un ago si infilò nel mio braccio.

«*Maintenant, contez avec moi. Jusqu'à six. Un, deux...*» respirai a fondo e ripetei con lui: «... *Trois, quatre, cinq...*».

Non arrivai mai al sei.

Mi svegliai nel mio letto d'ospedale, alcune ore della mia vita per sempre scomparse dalla mia coscienza.

La gamba era pesante, pulsava e sembrava gonfia, ma non mi faceva male.

La prima cosa che vidi furono le gardenie. Un gran cespuglio coperto di fiori color crema sembrava invadere tutta la stanza.

Il profumo copriva l'odore di disinfettante, regalando all'asettica austerità della stanza e al grigiore che filtrava dalle finestre una radiosità mediterranea. Anche senza leggere il biglietto che pendeva da un ramo, sapevo che i fiori erano stati mandati da Paolo.

Mia madre mi guardò preoccupata. Era venuta ad assistermi, generosa e discreta come sempre.

«Un'operazione molto più lunga di quanto pensassero; ne hanno dovuto fare due in una. Quattro ore... Rimangono ancora altri due interventi... uno all'anno.»

Mi osservò attenta. Il mio aspetto la rassicurò.

«Paolo ha chiamato dall'Italia, sarà qua domani.»

Mi sorrise, sollevata.

«Mi ha chiesto di darti questi.»

Da un involto di carta velina bianca venne fuori un paio di antichi pattini, legati con un nastro rosso; le vecchie lame consunte erano attaccate a una sagoma di legno. Pattini simbolici per scivolare libera, non più invalida, quasi volando. Sorrisi. Il poeta in Paolo.

Nella sua calligrafia scorrevole, Paolo aveva scritto su un pattino, quasi intagliando le parole nel legno:

"Perché eri la mia niña."

La porta si aprì piano, e il professor Muller entrò. Ancora vestito del suo camice operatorio, si diresse deciso verso il mio letto.

Abituata alla pomposità dei luminari italiani, che arrivavano scortati da codazzi di assistenti untuosi e da schiere d'infermiere, la sua semplicità informale mi coglieva sempre di sorpresa. Non aveva bisogno di fare tante scene.

«*La beauté... ça va*? Si alzi e mi faccia vedere come cammina.»

Ancora ricordo l'incredulità, il timore, l'incertezza. Alzarsi e camminare subito dopo un'operazione di quel genere sembrava un'impresa impossibile.

Mi aiutò a mettermi a sedere e assicurò la sacca della flebo e le cannule al mio camice d'ospedale. Mi prese la mano. Mi alzai.

Odori d'ospedale, uccelli che beccavano alla mia finestra, l'impressione di un sorriso sopra i suoi piccoli baffi scuri, gli occhi luccicanti, le mani forti, la gamba bendata, speranza, paura, fiducia.

In quella stanza d'ospedale bianca e acciaio del Lindenhof, su un pavimento di linoleum grigio, con il cuore che danzava, un pomeriggio di giugno del 1970 mossi i primi passi esitanti della mia nuova vita, non più da invalida, il primo passo sulla mia strada per l'Africa.

Un giorno sarebbe stata la sabbia di remoti deserti, le rocce di lava della frontiera del Nord, le barriere coralline dell'Oceano Indiano, le pianure erbose della savana, i precipizi della valle del Grande Rift.

Un giorno, presto, sarebbe stato il Kenya.

Parte seconda

IN AFRICA

I
IL POSTO DELLE ACQUE SCURE

Ille terrarum mihi prater omnis angulus ridet.*

ORAZIO, *Odi* II, VI, 13

All'inizio degli anni Settanta Paolo e io ci sposammo e andammo a vivere in Kenya. Dopo un paio d'anni acquistammo una vasta proprietà sugli altopiani di Laikipia, Ol ari Nyiro.

Ol ari Nyiro si estendeva sulle colline e la savana punteggiata di alberi d'acacia, fino alla foresta di alti olivi selvatici e cedri rossi che si chiama Enghelesha, dove si rifugiavano le preziose, rare scimmie di Colobus. A sud confinava con la preistorica, brulla terra dei Tugen, a est con Mwenje, Sipili e Ol Morani, a nord con il verdeggiante Luoniek, e a ovest scendeva trionfalmente nella grande Rift Valley.

Il nome significava: "Il Posto delle Acque Scure". Sorgenti di acqua verde cupo, stranamente trasparente, scaturivano da falde scavate dal tempo nei massi di granito, nelle valli profonde, lungo i dirupi coperti di aloe, e sgorgavano in esili torrenti, che si raccoglievano in pozze stagnanti visitate da truppe di babbuini.

Quando venivano le piogge, grandi pozzanghere si formavano qua e là sparse sulla superficie aspra della vasta savana, e animali di ogni tipo vi andavano ad abbeverarsi e a sguazzare, trasformandole in bagni di fango, in cui si

* Quell'angolo di terra mi sorride più di ogni altro.

rotolavano deliziati per disfarsi delle zecche tenaci che li tormentavano.

La melma si seccava al sole sulla loro pelle spessa, spaccandosi in un reticolo di crepe polverose e intrappolando gli insetti turgidi di sangue. Trovavano poi un tronco di acacia, e si strofinavano estatici contro la ruvida corteccia, finché la creta si sbriciolava e cadeva a terra insieme ai suoi sbalorditi prigionieri.

Il canalone principale si chiamava Mukutan che vuol dire "l'incontro". Precipitava da un'altezza di oltre 2000 a 900 metri, e, nelle sue drammatiche profondità al riparo dal vento, esisteva un mondo diverso, di rare piante e timidi animali, e mitici uccelli dalle ali rosse.

Un corso d'acqua serpeggiava lungo il Mukutan, un torrente tortuoso con tre o quattro cascate – o forse molte di più, poiché il luogo era ancora inesplorato ai miei tempi –, correnti precipitose e pacifici tratti pigri e paludosi, con erbe alte e irsute dove aironi, *spoonbills** e cicogne-dal-collo-lanoso pescavano e gli ostinati uccelli-dalla-testa-a-martello costruivano i loro enormi nidi sui rami più alti delle acacie della febbre gialla.

Le pareti scoscese del canalone principale erano dirupi spettacolari, dove liane e aloe selvatiche, palme e fichi crescevano in grovigli tropicali, e ippocastani del Capo fiorivano dopo le grandi piogge, coprendo le erbe gialle di carnosi boccioli rosa intenso.

Nelle pozze silenziose sul fondo del Mukutan si sapeva che grandi pitoni avevano i loro nidi, e serpenti verde smeraldo come gioielli e grosse tartarughe scagliose che portavano il peso e la saggezza del tempo.

Qui, gli elusivi *bush bucks*** venivano a bere, assaggiando l'acqua fresca, esitanti e cauti, e i rinoceronti neri s'incontravano, a notte fonda o nel barlume d'argento della

* Uccelli dal becco a forma di cucchiaio.
** Piccole antilopi africane, *Tragelaphus Scriptus*.

luna piena, per assaggiare il sale del *salt lick** e per celebrare le cerimonie segrete dell'accoppiamento, traditi solo dall'ansimare curiosamente sottile del loro richiamo.

Spesso vedevamo i bufali.

Ol ari Nyiro era rinomato per l'abbondanza di queste creature scure e massicce, con colli possenti e corna enormi, che, benché apparissero curiosamente domestici, come ogni bovide, dando la falsa impressione di essere innocui, erano invece più pericolosi di ogni altro animale.

Invisibili durante il calore del giorno, quando si nascondevano per dormire nel folto *lelechwa*** che ricopriva buona parte del ranch, e si rischiava di calpestarli mentre si camminava nella boscaglia, si materializzavano di sera, per abbeverarsi ai laghi e ai ruscelli.

D'un tratto, se si era in giro in macchina al tramonto, dietro una curva della pista il *bogani**** brulicava di forme scure. Grandi musi curiosi si sollevavano dal folto dell'euclea. Maschi possenti con corna massicce, i fianchi incrostati di fango, e femmine dalle corna tondeggianti, seguite da giovani vitelli marroni, uscivano dai cespugli e si avvicinavano, all'apparenza né minacciosi né intimiditi, per osservarci, totalmente immobili, per momenti infiniti. Poi il maschio più vecchio mandava un misterioso segnale silenzioso, si girava con agilità terrificante e scompariva in una serie di sbuffi poderosi, seguito da tutto il branco.

In pochi attimi scomparivano.

Il rombo delle rocce che rotolavano smosse dagli zoccoli di un branco di bufali in corsa era un suono caratteristico della boscaglia di Ol ari Nyiro. Così erano i barriti e i gorgoglii dello stomaco degli elefanti che tradivano la presenza di questi pachidermi, altrimenti silenziosi e agi-

* Luogo dove si distribuisce il sale minerale che manca alla dieta degli erbivori in Africa e li attrae.

** Salvia selvatica.

*** Piana.

li, che – con centinaia di individui – erano tra le specie più diffuse a Ol ari Nyiro.

Costruimmo la nostra casa in un luogo elevato, in un'area chiamata Kuti, su un terreno duro e sassoso che si affacciava sulla savana, dove con fatica riuscii a piantare un giardino e un orto e allevai generazioni di pastori tedeschi, il primo dei quali era un maschio leale e fedele che si chiamava Gordon.

Nella stagione secca gli elefanti penetravano nel mio giardino ogni notte, attirati dall'erba verde e dal profumo delle banane e delle guave mature dell'orto.

L'askari li scacciava con l'aiuto dei miei cani e della sua fionda, o, quando era sconfitto da un branco più numeroso del solito o da un certo vecchio elefante che aveva sviluppato una passione per le zucchine, bussava alla mia porta freneticamente, chiedendo aiuto:

«*Kuja kusaidia: ndofu nainghia shamba.* Vieni ad aiutarmi: gli elefanti sono entrati in giardino.» Accendevo allora la candela, caricavo il mio fucile e, con una torcia in mano, lo seguivo nella notte. I cani seguivano noi, in silenzio.

Scivolavo sul retro della cucina, attenta a non inciampare in un fosso o in un ramo, finché l'askari si arrestava e mi fermavo anch'io, ad ascoltare.

Nel buio pesto, sentendomi assurda e impotente, avvertivo lo spezzarsi di un ramo sotto un piede pesante, le foglie che scrosciavano afferrate da una proboscide invisibile, il brontolio sommesso di uno stomaco enorme. Nella debole luce della torcia tenuta alta dal vecchio Lauren, prendevo la mira oltre una sagoma immensa che pascolava tranquillamente divorando le mie verdure cresciute con tanta fatica.

Il frastuono disturbava i grilli notturni, il mio dito medio doleva, schiacciato dal rinculo del fucile, l'elefante se ne andava con barriti indignati sprofondandosi tra i cespugli in un fragore di rami – fino alla notte seguente – e io ritornavo con i piedi freddi e bagnati nel mio letto ancora tiepido, cercando di ricatturare il sonno perduto.

Il misticismo di Ol ari Nyiro è la sua vastità intatta, la sensazione di essere gli unici a guardare la terra com'era all'inizio del tempo, e, più di tutto, l'infinita purezza dei suoi paesaggi.

C'era una luce dorata nei ciuffi di acacie della febbre gialla che crescevano nelle valli, e un silenzio nelle ombre della foresta, sulle cime dei cui alberi coperti di fronde si potevano osservare con reverenza le rare scimmie bianche e nere di Colobus saltare da un cedro all'altro, uniche discendenti sopravvissute delle truppe che prosperavano un quarto di secolo fa nella tenuta dei Buonajuti, oltre la collina di Enghelesha.

Ero affascinata dalla bellezza e dalla diversità di questa terra straniera eppure familiare, e furono amore e curiosità, una sensazione profonda di appartenenza e *dejà vu* e un forte senso di responsabilità che mi guidarono fin dall'inizio, e risultarono nel mio impegno a fare tutto ciò che potevo per conservarne per sempre l'armonia.

Se si è in Africa abbastanza a lungo, ci si guadagna un soprannome.

È il nome con cui la gente ci chiamerà, e si riferisce a una caratteristica del nostro aspetto o del modo di fare, di muoverci, o a una certa particolarità fisica.

Fu Gatwele a chiamarmi per primo Nyawera, "Quella che Lavora Sodo".

All'inizio c'era da fare di tutto: la casa da costruire, il giardino, il frutteto e l'orto da curare, il ranch da mandare avanti. Mi svegliavo presto il mattino e lavoravo tutto il giorno, e nel corso degli anni, con tutti i nuovi progetti, la fondazione, le nuove costruzioni, e infine lo scrivere, credo di essermi meritata veramente il mio soprannome.

Gatwele era un giovane Kikuyu che era venuto a lavorare da noi quando la nostra vicina, Antonietta Buonajuti, dopo la morte del marito Giannetto, aveva venduto la sua tenuta di Colobus lasciando le colline di cedri, i laghi pieni di pesce, la piccola casa fatta di assi di legno di *mutaragwa** rosso che sorgeva nel folto di una vallata ricoperta di maestosi alberi di *podo* che con amore e pazienza aveva trasformato in un giardino di jacarande azzurre e magnifici fiori.

Era stato lì che una mattina, poche settimane dopo il funerale di Giannetto, Antonietta aveva trovato sul prato di fronte alla veranda principale un pollo sgozzato e appeso a una specie di macabra impalcatura fatta di ossa, penne e del teschio di un'antilope.

Mentre osservava, oltre le familiari aiuole di canne color lilla e di gigli del Capo blu smalto, quell'oggetto pauroso e alieno, realizzò con orrore che quello che le stava davanti era una stregoneria, il cui scopo era di spaventarla e farla scappare.

Chiamò i giardinieri e ordinò loro di rimuovere quel sinistro vudù, ma nessuna delle donne che stavano togliendo le erbacce dal fossato si fece avanti.

C'era un silenzio irreale e stranamente minaccioso, come se il mondo intero stesse aspettando.

Gatwele fu l'unico ad accorrere al suo richiamo, solo per fermarsi di colpo al limite della radura, sbalordito da ciò che aveva visto e subito riconosciuto.

Lei sapeva che dal folto dell'alta erba elefantina** al limitare della foresta molti occhi la stavano spiando.

Vincendo il ribrezzo, impulsiva, sapendo che non doveva permettere a nessuno di vedere la sua paura, scese i gradini di legno a passi veloci, con la lunga vestaglia che le sbatteva contro le caviglie sottili, diretta verso "la cosa".

«*Hapana*!» urlò Gatwele, mettendola in guardia «*Hapana kamata hio. Ni haramu*. Non toccarlo. È stregato.»

«Sciocchezze! Superstizioni! Sono solo poche ossa e

* Cedro.
** Erba folta e gigantesca amata dagli elefanti.

penne. Vigliacchi che non siete altro! Se voi avete paura, vi farò vedere che io non ne ho.»

E con un ampio gesto fece rotolare le ossa e volare il cadavere della gallina nei cespugli. Siccome era una buona cattolica, si fece anche velocemente il segno della croce, a ogni buon conto.

Un suono affannato, come se gli spettatori invisibili avessero trattenuto il respiro tutti insieme, accolse il suo gesto: era come se la foresta stessa respirasse.

«Oh, *memsaab*» mormorò Gatwele sconsolato «non avresti dovuto farlo. Adesso non ci sarà più fine alle disgrazie, finché non te ne sarai andata.»

Questo fu il primo segno. Alcuni giorni dopo la testa decapitata di una capra conficcata su un picco l'aspettava all'alba. Mentre fissava quell'inconfondibile segno malefico che la scrutava con occhi morti, come se galleggiasse oltre le brume fluttuanti della mattina, lei seppe che non ci sarebbe stata tregua finché non si fosse arresa, perché ciò che volevano era la sua terra.

Più tardi, quella settimana, una donna che potava dei cespugli le chiese aiuto. La sua *panga** era caduta dentro un tronco putrefatto e non riusciva a prenderla. Antonietta guardò nel buco cavo del *podo*, e solo troppo tardi sentì il sibilo. Il cobra arrotolato all'interno scattò verso il movimento e lo sputo velenoso l'accecò con una sferzata di dolore terribile.

Mentre Antonietta cadeva sull'erba, gli occhi in fiamme, seppe con definitiva certezza che ormai sarebbe stato solo questione di tempo. Dopo settimane d'ospedale – con la vista per sempre offuscata – tornò indossando nuovi occhiali per riparare i suoi straordinari occhi verdi.

Quell'anno la siccità le inaridì i raccolti, portò violenti incendi d'erbe secche, e fu seguita da inondazioni, epidemie di parassiti e sciami di locuste. Il bestiame si am-

* Machete.

malò, il grano si annerì e si coprì di strani funghi. Una calamità dopo l'altra si abbatté sulla fattoria, e, dopo parecchio tempo, esausta, sola, malata, accettò un'offerta e vendette.

Non dimenticai mai quella lezione.

Mentre la sua terra veniva suddivisa in lotti, e uno dopo l'altro i vecchi cedri cadevano sotto le seghe meccaniche dei nuovi coloni, aprendo ferite che non si sarebbero mai rimarginate, i suoi animali selvatici fuggirono disorientati e trovarono rifugio nella mia parte di foresta. Anche la gente che aveva lavorato per lei attraversò il confine di Ol ari Nyiro in cerca di impiego. Era naturale per loro venire da me, perché anch'io ero italiana e potevano sperare di trovare un lavoro simile a quello che sapevano fare.

Era difficile rifiutare, e impiegammo parecchi di loro; ma tristemente non il suo cuoco Kipsoi, che ormai era completamente schiavo della sua passione per il *changaa** e del tutto perso al mondo del lavoro.

Gatwele era di buona volontà, gran lavoratore e rispettoso in un modo d'altri tempi. Da Antonietta il suo compito era stato di giardiniere, ma aveva fatto anche un po' di tutto, dallo spellare la selvaggina all'ammassare legna da ardere, e si adattò immediatamente a diventare un domestico, eccellendo ben presto nei suoi compiti, con allegria; ma la sua segreta passione era cucinare, e col tempo divenne un bravissimo cuoco di piatti italiani.

Quando, dopo esserci stabiliti a Ol ari Nyiro, cominciammo a scoprire veramente l'Africa, io mi guardai intorno con occhi curiosi e incantati e trovai dei tesori.

* Potente liquore locale.

Vi erano creature di straordinaria bellezza, oltre ai grandi animali che appartenevano alla boscaglia africana, imponenti come l'elefante, preistorici come il rinoceronte nero, assurdi e languidi come la giraffa: c'erano cuccioli di leone e martin pescatori dalla testa turchese e dal petto lilla, giovani volpi-dalle-orecchie-di-pipistrello e linci caracal dagli obliqui occhi di topazio.

C'erano le creature più piccole, quelle che di solito non ci si ferma abbastanza a osservare. Gli scarabei stercorari, che rotolavano laboriosamente grandi palle di escrementi d'elefante lungo i sentieri, e le farfalle gialle che succhiavano la rugiada, delicate e tremolanti come petali di primule caduti su freschi escrementi di bufalo; c'erano le mantidi religiose color smeraldo e gli insetti stecco, perfettamente mimetizzati con le cortecce di acacia su cui vivevano; gli storni di zaffiro e i minuscoli uccelli del sole, smaglianti come gioielli, con il petto color carminio, la testa verde e le penne nere, che si avventuravano a succhiare il nettare dei fiori arancioni dell'aloe che disponevo in grandi vasi di ottone nel mio soggiorno.

Mi fermavo con la tazza di tè a mezz'aria, per osservare i loro movimenti aggraziati, quando intingevano il becco lungo e ricurvo nella gola dei fiori, per succhiare, estatici, il nettare dorato.

Mi meravigliava l'infinita varietà dei minuscoli, intricati, perfetti fiori, celesti come la comelina, cremosi come il gelsomino o rosso vivo come i grappoli della crossandra che fioriva sotto i folti cespugli di euclee e di *lelechwa* dopo l'inizio delle lunghe piogge.

E c'erano le piante commestibili, che osservavo la gente raccogliere e portare a casa per mangiarle.

Ci provai anch'io, e scoprii che alcune di queste foglie, frutti e radici potevano essere usati per sostituire altri ingredienti a me più familiari come i mirtilli e i fragranti, squisiti frutti di carissa, che maturavano nei mesi d'inverno all'equatore. Le foglie a forma di cuore degli spinaci selvatici prediletti dagli elefanti potevano sostituire benissimo gli spinaci italiani; i gamberi di fiume i gamberetti; e i teneri lunghi filetti dell'eland* il filetto di bue.

E poi, un giorno felice, Simon Itot, un giovane Turkana di soli diciott'anni, orgoglioso e fiero, ben educato e con maniere cortesi, si unì a noi come cuoco, e con lui arrivò uno stimolo a migliorare e a espandere la nostra cucina e a instillarvi un nuovo senso di avventura.

Come per molti africani, il senso della decorazione e del colore era istintivo in Simon, e abbellire i piatti con fiori e foglie divenne un'abitudine che perfezionò e in cui eccelleva.

Ho sempre trovato difficile seguire una ricetta, probabilmente perché, avendo appreso a cucinare guardando, non avevo bisogno d'imparare il metodo. In Africa la maggior parte degli ingredienti a cui ero abituata era comunque introvabile, ed eravamo a centinaia di chilometri dai negozi, nel fitto della boscaglia equatoriale.

Col tempo avrei piantato un orto ricavandolo da un groviglio folto di rovi e cespugli spinosi, dove i giovani germogli, fertilizzati con escrementi di elefante che raccoglievamo nelle vicinanze, raggiungevano proporzioni smisurate. Ma ci vollero anni perché un assortimento di insetti di tutti i generi, forme e misure, e altre creature, dagli uccelli ai dik dik, dai porcospini ai babbuini agli elefanti trovassero la tentazione del gusto esotico delle mie verdure irresistibile, e giorno e notte dovevamo far la guardia a ciò che avevamo piantato, spesso senza risultati.

Imparai perciò a introdurre diversi sapori e a improvvisare con qualsiasi ingrediente selvatico riuscissi a trovare, trasformando vecchie ricette e inventandone di nuove. Adattare quello che scoprivo nella foresta alla cucina che

* La più grande antilope vivente.

conoscevo già era creativo e divertente. Era parte della mia scelta di vita, delle lingue che dovevo imparare, delle tradizioni diverse che era importante rispettare, della natura che mi circondava coi suoi doni e i suoi misteri, del fatto che questa era l'Africa.

II
PRENDILI PRIMA DEI PELLICANI

> Home is the fisherman, home from the sea.*
>
> R.L. STEVENSON, *Underwoods*

Paolo era un uomo del mare. I suoi occhi erano color d'oceano, un blu profondo con riflessi verdi, e pescare la sua passione.

In Italia, nella valle del Cavallino, la sua azienda sulla laguna di Venezia, Paolo aveva fatto di questa passione una fiorente attività. Allevava, con un sistema complesso e affascinante di chiuse e canali, branzini, orate e anguille che parevano serpi. Anche lì, in quel remoto angolo di laguna, barene e isole, dove le leggi della natura contavano ancora, la sua era stata una vita all'aperto.

Aveva un fisico eccezionale, alto, snello e attivo. Dotato di un'inesauribile energia, era un buongustaio, e poteva permettersi due pasti al giorno di tre o più portate senza ingrassare di un grammo. Adorava il pesce, e il dentice era il suo pesce preferito.

In Africa c'era il delizioso dentice rosso con morbide squame tinte di rosa e corallo, una carne soda e il sapore del mare aperto, e suo cugino il dentice grigio, un pesce veloce e muscoloso, più raro, ma anche più squisito e raffinato. Più di tutto Paolo prediligeva un dentice bollito in un brodetto d'erbe saturo di vino bianco, servito tiepido,

* A casa è il marinaio, a casa dal mare.

semplicemente con olio d'oliva, spicchi di limone e patate lessate, tagliate a fette.

Preferiva cucinarlo lui ed era meticolosissimo in tutti i dettagli della preparazione. In Kenya, in quei giorni, era impossibile trovare una grande pescera, la pentola lunga e stretta con un solido coperchio e una griglia di acciaio inossidabile sul fondo per sollevare il pesce intero senza che si disintegri. Paolo se ne fece fare una dal signor Cassini, un ingegnoso italiano che nella sua officina costruiva qualsiasi oggetto di metallo. Era lui che aveva inventato per noi un tagliaerba enorme, praticamente indistruttibile, che era così pesante che ci volevano due uomini per spingerlo, ma che funzionava perfettamente e durò per anni.

Anche la pescera era pesante, professionale, e la uso ancora, trent'anni dopo.

Nei primi tempi in Kenya Paolo se ne andava da solo al mercato, nella strada chiamata Muindi Mbingu, nel cuore di Nairobi che era ancora, a quell'epoca, una fonte di ghiottonerie di prim'ordine.

Questo mercato, o *sokoni*, era costruito in stile arabo; aveva una grande corte interna dove baracche di legno e angusti negozi in fila sotto un colonnato vendevano ogni tipo di cibo fresco, dalle verdure alla frutta, al pesce, ai formaggi, alle uova e a carne di ogni genere.

I negozi del pesce e della carne erano sulla destra, e Paolo si dirigeva a colpo sicuro verso quelli che avevano in mostra il pesce più fresco, appena arrivato da Mombasa, e con infallibile occhio da esperto sceglieva sempre il migliore.

Appena tornato a casa con il suo bottino, si precipitava affamato ed esultante in cucina. Presto, il più delizioso effluvio oceanico ne sprigionava, riempiendo la nostra casa, e la nostra mattina.

Ma naturalmente non c'era niente di meglio che prendersi da soli il proprio pesce, e Paolo amava passare lunghi periodi sulla costa, dove l'Oceano Indiano offriva infinite opportunità a un pescatore abilissimo e instancabile come lui.

"Ndege, ndege" è un richiamo familiare a chi pesca al largo della costa dell'Africa Orientale.

Significa "uccelli": e uno stormo di uccelli che svolazzano su un punto fisso ribollente dell'oceano, tuffandosi di tanto in tanto e riemergendo col becco pieno di pesce, significa gabbiani che seguono un banco di sardine, e dietro alle sardine ci saranno i tonni, e dietro ai tonni, come in un'illustrazione della catena alimentare, il marlin o il pesce vela.

Le barche allora subito virano nella direzione dei gabbiani, nella speranza che un pesce affamato prenda la loro esca nella confusione, come spesso accade. E ogni tanto poteva essere un marlin a balzare fuori dall'acqua, con le sue drammatiche capriole, o un elegante pesce vela, o un falusi iridescente. Ma, quando la sagola si tendeva e l'esca si tuffava con un rabbioso stridere di ingranaggi, sapevamo che aveva abboccato uno squalo.

Gli squali abbondavano nel canale tra Shimoni e l'isola di Wasini e più avanti nel mare aperto, verso Pemba. Immensi squali toro dall'aspetto selvaggio o squali mako dalle zanne terrificanti, sporgenti in un ghigno senza allegria, venivano issati all'imbrunire sui ganci delle bilance del Shimoni Fishing Club, facendoci riflettere sugli oscuri pericoli che si nascondevano sul fondo. Per alcuni giorni evitavamo di sguazzare nell'acqua profonda, e se ci tuffavamo direttamente dalla barca eravamo quanto mai cauti e circospetti.

Spesso prendevamo un tonno. Questi pesci sono gran lottatori, bellissime creature con disegni argento e verdi, solidi e compatti come siluri screziati.

Quando a Shimoni o a Kilifi catturavamo un tonno che volevamo mangiare, o anche un bonito o un tonno-dalle-pinne-gialle, Paolo lo apriva e lo puliva subito, e il sangue colava via in una scia densa dietro la barca. Spesso questa attraeva un pescecane, e con un rapido strattone il bonito spariva nel blu, e a noi restava solo la sagola floscia, senz'amo.

Se non c'erano squali, Paolo filettava il tonno, velocemente e con gran destrezza, affettando sottilmente la carne rosa e soda, che immediatamente copriva di succo di limone verde e di tobasco, e lo divoravamo lì per lì, il sole in faccia e il sale sulle labbra, barbaramente, totalmente felici, innamorati, assaporando il momento.

Quando acquistammo Ol ari Nyiro andavamo spesso a campeggiare al lago Turkana – che allora si chiamava ancora "Rodolfo" – appena un giorno e mezzo di distanza. Una volta issate le tende, Paolo ed Emanuele immediatamente si concentravano a pescare la più grande perchia del Nilo che riuscissero a trovare.

Questi erano pesci enormi, con tondi occhi stupefatti, e dal corpo talvolta con riflessi gialli, e arrivavano a pesare centinaia di chili.

Le misure e l'aspetto appartenevano a tempi lontanissimi, preistorici, come tutto al Turkana, dove i coccodrilli mangiatori di uomini sembravano dinosauri, e gli abitanti locali – le tribù di Ol Molo e Turkana – vivevano nelle condizioni più spartane, in piccolissime capanne di fronde di palma *doum* intrecciate, tonde come crisalidi o a forma di canestri rovesciati, e le loro capre rachitiche trovavano cibi invisibili tra le rocce di lava nera.

Di solito Paolo ingaggiava qualche pescatore locale, un Turkana, come aiutante. Incominciavano col pescare l'esca, provocando dalla riva i velocissimi e immangiabili pesci tigre, voraci ed eccitanti da catturare – ottimo sport – che avrebbero poi tagliato in larghe strisce da usare come esca per le perchie. Queste, seppur gigantesche, erano stranamente facili da catturare una volta abboccate.

Cibo degno di faraoni, delicato e succulento, le perchie costituivano un problema per me, la cuoca di famiglia. Il nostro equipaggiamento da safari era ristretto al minimo necessario che riuscivamo a caricare sulla nostra land-rover e naturalmente non comprendeva un frigorifero.

Il clima al Turkana era asciutto, ma caldissimo e mi serviva un sistema per conservare ciò che non riuscivamo a mangiare. L'ultimo giorno mettevamo qualche pezzo di pesce nelle nostre borse termiche e, se eravamo fortunati e il viaggio si svolgeva senza intoppi e troppe forature, riuscivamo a surgelarlo una volta arrivati a Kuti; ma durante la settimana dovevo usare la mia iniziativa.

Memorie del cibo della mia infanzia veneta mi erano ancora una volta d'aiuto, e adattavo con gran successo alle perchie giganti le ricette classiche usate in Italia per conservare le sardine *in saor*, con aceto, zucchero, spezie ed erbe aromatiche...

Per fortuna anche a Ol ari Nyiro non mancava il pesce commestibile. In tutti i nostri laghetti artificiali abbondavano le tilapie.

Era un mistero come ci fossero arrivate. La tilapia nilotica, *ngege* in kiswahili, è una varietà delicata di pesce d'acqua dolce, che si moltiplica facilmente e rapidamente. Uno stagno o *dam* veniva scavato in una valle adatta, un argine per fermare il flusso dell'acqua veniva costruito con la nostra vecchia ruspa; il terreno veniva livellato e prima o poi le piogge sarebbero finalmente arrivate.

Dopo un certo periodo di assestamento, la melma sul fondo, saturata d'acqua, formava uno strato impermeabile, e il nuovo lago cominciava a riempirsi.

Qualche mese più tardi notavamo gli uccelli acquatici e sapevamo così che c'erano le tilapie. Forse le uova viaggiavano attaccate alle gambe di certi uccelli, i pellicani e gli *spoon bills*, gli aironi e gli immensi stormi di oche egiziane che venivano a riposare nelle nostre *dam* dopo i lunghi voli notturni.

Trovavamo il pesce già lì, come se si fosse materializzato miracolosamente, ed era davvero un miracolo, perché le tilapie sono i pesci della parabola, che Gesù di Nazaret moltiplicò per nutrire la folla affamata.

I pellicani nuotavano in cerchio, in piccoli gruppi coordinati, creando anelli sulla superficie immobile dell'acqua. Tutti insieme tuffavano i colli arcuati e le piccole teste sotto la superficie, ed emergevano un attimo dopo, puntando al cielo il lungo becco arancione con un pesce che si dibatteva e che presto sarebbe diventato un altro rigonfiamento nel loro gozzo.

I pellicani erano precisi e voraci e non lasciavano una *dam* fino a che non erano sazi.

Si trattava di prendere i pesci prima di loro.

Per Paolo, quella di attirare pesci nuovi e difficili da catturare verso esche da lui inventate era una sfida straordinariamente eccitante.

Cominciammo perciò a nutrire le tilapie della Grande *dam* con rimasugli di *posho,** buttandoli in acqua sempre alla stessa ora e nello stesso posto per abituarle. Calavamo poi in acqua una gran nassa di rete metallica con aperture a trappola che Paolo aveva costruito nella nostra officina, e nella quale aveva messo un'esca di farina.

Prestissimo la nassa si riempiva di centinaia di pesci, abbastanza da sfamare l'intero villaggio del Centro facendo esultare il nostro assistente manager, John Mangicho, un Luo corpulento, e, come tutti i Luo che vengono dal lago Vittoria, amante del pesce.

Sulla nostra tavola le tilapie facevano la loro comparsa sotto forma di filetti succulenti che cuocevamo in cento modi o affumicavamo con la fragrante segatura di cedro ottenuta da Nguare, il falegname, che stava costruendo i nostri mobili nella vecchia segheria.

La nostra vicina, Antonietta Buonajuti, aveva un grande stagno – quasi un piccolo lago – nella sua *farm* di Colobus che confinava con la zona sud di Ol ari Nyiro dalla parte della foresta di Enghelesha.

Lo stagno era particolarmente profondo e limpido, con ninfee blu e gialle e bellissime alghe lunghe; di tanto in tanto un ippopotamo solitario vi si avventurava, prove-

* Polenta locale.

niente chissà mai da dove, forse cacciato da un altro maschio in competizione per la stessa femmina.

C'era una barca a remi sul suo stagno, e, quando amici arrivavano inaspettatamente per cena e per passare la notte, Antonietta metteva loro in mano una canna da pesca, mostrava la direzione dello stagno e dava magari come guida il suo giardiniere Gatwele perché non si perdessero, e li invitava ad andarsi a pescare la cena.

Era un compito che Paolo accettava con entusiasmo: la *dam* di Colobus era piena di giganteschi e deliziosi *black bass*, una varietà di branzini d'acqua dolce delicatissimi, che si paragonano favorevolmente ai loro cugini di mare. La cucina di Antonietta, inoltre, era rinomata.

Il suo cuoco Kipsoi era un Kalenjin* magro e anziano con una dichiarata debolezza per l'inebriante *changaa*. Com'era tipico della sua gente, aveva i lobi delle orecchie forati e molto allungati, che teneva ordinatamente arrotolati come cavolini di Bruxelles ai lati del viso. Sulla testa aveva un rosso fez consunto, ma non portava scarpe.

Era un maestro in alcuni piatti, e i suoi filetti di *black bass* croccanti su un letto di risotto al vino erano indimenticabili.

Durante la stagione delle piogge, quando l'acqua scendeva impetuosa lungo le valli e riempiva in breve tempo gli stagni che avevamo costruito fino a farli traboccare, i branzini di Antonietta viaggiavano attraverso la savana portati dall'acqua scrosciante e si riversavano nel nostro stagno di Enghelesha.

Quello di Enghelesha era un piccolo lago molto attraente, prediletto da *waterbucks*** e zebre, circondato da grandi ciuffi di mutamayo, e dove si annidavano aquile pescatrici ed egrette, pellicani e aironi grigi e, quando il grano dei vicini era maturo, enormi stormi di oche del Nilo.

* Tribù della Rift Valley.

** Antilopi amanti dell'acqua.

I nomi dei luoghi spesso cambiano in Africa, se un evento più significativo e recente supera nell'immaginazione della gente l'importanza di un fatto precedente.

Così col tempo lo stagno di Enghelesha venne chiamato "*Damu ya boma ya Faru*"* dopo che vi trasferimmo lì un rinoceronte nero conosciuto come Toyo, che aveva preso l'abitudine di muoversi fuori dai confini di Ol ari Nyiro, nella zona potenzialmente pericolosa di Luoniek. Il nome cambiò ancora per diventare, logicamente, "*Damu ya Kiboko ndani ya boma ya Faru*"** quando un ippopotamo maschio arrivò lì una notte chissà da dove e decise di rimanere. All'inizio l'ippopotamo era stato un mistero. Poiché non abbiamo un fiume, siamo isolati e non vi sono perciò altri ippopotami nella zona, i miei ranger non erano abituati alle tracce di ippopotamo.

Così furono sconcertati nello scoprire una mattina le grosse orme con segni di sangue di un essere sconosciuto, della grandezza di quelle del rinoceronte, e l'allarme scattò.

L'enigma fu risolto quando, con sbuffi teatrali e grugniti terrificanti, una grande forma scura emerse dalla *dam* di Enghelesha, dove le tracce li avevavo condotti. L'ippopotamo era stato probabilmente scacciato dal maschio dominante nel fiume di Wasu Nyiro, e aveva viaggiato di notte per moltissimi chilometri fino a raggiungere la prima acqua che aveva annusato che fosse abbastanza grande da contenere comodamente il suo ampio corpo e circondata da vegetazione sufficiente a saziare il suo vasto appetito.

L'ippopotamo visse lì felicemente finché, dopo un periodo di siccità gravissima, la *dam* si prosciugò del tutto.

Il fondo secco si trasformò in un reticolo di crepe e i *waterbucks*, amanti d'acqua, sedevano mesti sulle rive men-

* Il lago del recinto del rinoceronte.
** Il lago dell'ippopotamo nel recinto del rinoceronte.

tre le egrette se ne stavano tristemente appollaiate su spuntoni di olivo selvatico.

«Cosa facciamo? L'ippopotamo non può sopravvivere fuori dell'acqua. La sua pelle si screpolerà, si rinsecchirà e morirà.»

Ma non morì. Per tre mesi l'ippopotamo se la cavò benissimo fuori dell'acqua, bevendo all'abbeveratoio delle vacche col rinoceronte, dormendo nei cespugli di *lelechwa* e strofinando il suo corpo grasso contro le foglie fragranti e medicinali.

Era stato proprio in quella *dam* che Paolo una volta, mentre pescava, era stato attaccato da un cobra che stava tendendo un agguato a un francolino.

Intento alla pesca, ebbe solo il tempo di cogliere con la coda dell'occhio l'ombra impressionante del cappuccio aperto sulle ninfee, e, con la prontezza che in altre occasioni l'aveva salvato, riuscì a girarsi così che solo qualche goccia dello sputo velenoso gli entrò in un occhio.

Nonostante avessi lavato la sua pupilla in fiamme con latte bollito per neutralizzare il veleno, quelle poche gocce, com'era successo anche ad Antonietta, furono sufficienti a costringerlo, da allora in poi, a portare gli occhiali – lui dalla vista d'aquila – ogni volta che leggeva.

Forse però i più sensazionali abitanti dei nostri stagni erano quelli che divennero noti come *Samaki ya Mugu*.*

«*Hio kitu ni nini*?»

Chiese Simon severamente la prima volta che Emanuele e io tornammo a casa con un secchio brulicante fino all'orlo di insetti rossastri che si contorcevano.

«*Hio kitu apana chakula*. Cos'è questa roba? Questa roba non è cibo.»

Mezzo secchio buttato nella *dam* di Ngobithu alcuni an-

* Pesci con le gambe.

ni prima e lasciato alla mercé dei pellicani e cicogne e aironi e degli uccelli col becco a forma di cucchiaio, e ora lo stagno formicolava letteralmente di grossi e bei gamberi che non vedevamo l'ora di cucinare.

Simon esaminò il contenuto del secchio dall'alto dei suoi due metri d'altezza con supremo disprezzo.

Lui apparteneva alla tribù dei Turkana, che non erano rinomati per la raffinatezza della loro cucina.

Il miglior manicaretto che la sua tradizione gli aveva insegnato a cucinare era una capra appena sgozzata, nemmeno dissanguata, buttata intera su un falò, e ricoperta – testa, pelle, pelo, interiora e tutto il resto – di braci roventi. Quando la pelle era carbonizzata e al suo odore acre succedeva quello di carne bruciacchiata, la capra veniva tolta dal fuoco e tagliata a pezzi, smembrando rozzamente la carne fumante, mezza cruda e mezza carbonizzata, in pezzi uguali. Le budella col loro contenuto erano considerate un boccone prelibato: ancora piene di erba e foglie mezze digerite, venivano accuratamente divise tra i più importanti membri della tribù, cominciando dagli anziani.

Ma, grazie al senso di adattamento africano, alla sua curiosità e al suo orgoglio professionale, Simon col tempo aveva imparato da me a preparare piatti elaborati e a lui totalmente estranei. Dal latte appena munto in una delle *bome** e portato la mattina da un uomo a cavallo veniva ricavata una ricotta cremosa; teneri spinaci del tipo "italiano" venivano scelti uno per uno e cotti lentamente al vapore, spremuti e tritati; uova freschissime erano selezionate immergendole nell'acqua e assicurandosi che rimanessero sul fondo – questa era una magia che lui prendeva molto sul serio – poi con farina, sale e un tocco d'olio d'oliva le uova si trasformavano in un impasto giallo e morbido e, con alcuni abili colpi del mattarello di

* Recinti per bestiame circondati di cespugli spinosi.

legno, in fogli di perfetta pasta stesi sul piano di pietra del tavolo di cucina.

Piccoli mucchi di ricotta mescolata con gli spinaci e il parmigiano – che mia madre regolarmente mi mandava dall'Italia insieme al riso arborio – e con un tocco di noce moscata e prezzemolo legati da un rosso d'uovo venivano deposti a intervalli regolari sulla sfoglia, ricoperti da un altro strato di pasta e ben premuti con destrezza agli angoli, e voilà, *kumbe,* avrebbero prodotto imbattibili ravioli da cuocere in acqua bollente salata e olio d'oliva, da ricoprire di burro spumante nocciola e formaggio e salvia selvatica.

Tutto questo era molto raffinato e Simon era orgoglioso di essersi impadronito alla perfezione di tutte queste tecniche per paste lievitate e paste frolle e paste brisée e paste sfoglie e soufflé e formaggi freschi e gelati e pasticci... ma adesso che razza di roba era questa? Simon era indignato.

C'erano state, era vero, alcune occasioni in cui la sua recentemente acquisita maestria in cibi stranieri era stata duramente messa alla prova da qualche barbaro ingrediente che gli avevamo portato inaspettatamente da cucinare.

C'era stata la volta che Emanuele gli aveva dato da arrostire una vipera soffiante appena spellata, che aveva dovuto avvolgere in alluminio e coprire di rosmarino; o quella in cui aveva voluto assaggiare il cuore del leone: cosa che però Simon approvava perché era considerato un cibo adatto a un *Moran,** un giovane che cresceva.

Il leone era cibo da uomini. In passato, quando a Ol ari Nyiro si doveva sparare a un leone che uccideva il bestiame, i Turkana erano sempre i primi ad arrivare sul posto. Venivano con le loro lunghe *panga,* le donne, i bambini e i vecchi, e sciamavano sulla carcassa appena spellata tagliandone via ogni parte finché ne restava solo lo scheletro.

Il cuore era naturalmente molto apprezzato dai giovani, perché conferiva coraggio e ardore, mentre il grasso giallo

* Giovane guerriero.

e spesso era prediletto dagli anziani, in quanto ridava loro energia e curava i reumatismi.

Anche la carne di elefante era più che accettabile, e lunghi enormi filetti sarebbero stati tagliati dall'immensa, triste carcassa, non lasciando quasi niente alle iene, se i Turkana, affamati di proteine, erano nei dintorni, ma questo! Questo non era un cibo che Simon potesse accettare.

C'era stata naturalmente la volta in cui Paolo aveva portato a casa dei granchi di mangrovia ancora vivi da Shimoni. Erano usciti dal loro sacco di iuta minacciando il personale allibito con immense chele nere alzate all'attacco che schioccavano con rumore di nacchere, e tutti si erano rifugiati su tavoli e sedie, urlando terrorizzati alla vista di questi giganteschi ragni che senza dubbio provenivano direttamente dall'inferno, e che correvano dappertutto sul pavimento della cucina.

Che li potessimo mangiare con gran piacere, affogati con zenzero e cipollotti e conditi con salsa di soia e limone verde era un mistero per Simon, finché non gliene feci provare uno.

Misi un boccone di polpa bianca e rosata ricavata dalla chela sul dorso della sua mano e lo incoraggiai a provare; l'assaggiò esitante, come faceva con ogni sapore nuovo – e per lui lo erano quasi tutti –, guardandomi intento mentre masticava per trovare ispirazione nella mia reazione, totalmente incerto se decidere quando un cibo era mangiabile, delizioso o da buttare via. Infine aveva annuito vigorosamente.

«*Halla... ni tamu!*» aveva confermato entusiasta. «*Ni kama nyama tu*. Ehi, è eccellente, è proprio come la carne.»

Ma questi insetti? Erano troppo strani.

Sapevo che, per salvare il suo orgoglio, avrebbe accettato i gamberi solo se io li avessi chiamati con un nome familiare, qualcosa con cui poteva venire a termini senza perdere la sua – e nostra – *eshima*.*

* Orgoglio, onore.

Simon aveva un gran senso del decoro: dopo tutto, secondo lui, non era dignitoso per i *wasungu** mangiare insetti come i Pokot, che, subito dopo la prima pioggia, si piazzavano fuori dei termitai aspettando che le termiti sciamassero, le ficcavano in sacchi di iuta, e le friggevano nel loro stesso grasso croccante – un sapore di noccioline, mi avevano detto –, e così annunciai lì per lì:

«*Hio hapana wadudu: hio ni samaki. Ni samaki ya mugu: na ni tamu sana.* No, questi non sono insetti; sono pesci; pesci con le gambe: e sono squisiti.»

E così, da allora fino a oggi, il nome accettato e unico a Laikipia per i gamberi d'acqua dolce è stato "pesci con le gambe", *samaki ya mugu*, e nessuno mai lo ha messo in dubbio.

Nel corso degli anni misi i gamberi in altri stagni e prosperarono. Sembravano riprodursi con una velocità allarmante, come locuste, e chiaramente trovarono nelle nostre *dam* rosse e fangose l'habitat ideale, dove si svilupparono fino a divenire enormi mostri, grossi quasi come aragoste.

Era il ragazzo che anni dopo portava il latte con la motocicletta e veniva a tagliare l'erba del mio prato dopo le piogge, un giovane Turkana di nome Munyete, con una faccia allegra, buffa e intelligente e un segreto dono per la musica, che era incaricato di catturare i *samaki ya mugu* ogni martedì.

Li metteva nella fonda vasca di cemento che avevo fatto costruire dietro la mia cucina a Kuti; dovevano infatti essere tenuti in acqua corrente pulita per almeno una settimana, in modo da poter eliminare il cibo fangoso che avevano ingerito e che si era accumulato nei loro intestini.

Munyete li catturava in una serie di trappole coniche di rete metallica che avevamo costruito nella nostra officina.

Adorava trafficare nell'officina ed era molto ingegnoso e creativo. Si era costruito un curioso strumento rudimen-

* Europei, bianchi.

tale, una specie di lungo flauto ricavato da un tubo di ferro trovato tra i rottami. Di sera, quando gli studenti che visitavano il nostro Wilderness Education Centre sedevano dopo cena intorno al fuoco a raccontarsi o ad ascoltare storie, Munyete sbucava dall'ombra, teatralmente abbigliato in una curiosa combinazione di pelli e ossa, con un'acconciatura di penne in testa e la faccia allegra dipinta con terribili cerchi guerreschi di pittura bianca.

Si metteva a suonare per gli spettatori attoniti, con perizia e abbandono sorprendenti, lugubri lamenti turkana modulati sul suo piffero, fatto in casa ma non per questo meno sonoro, che facevano correre brividi lungo la schiena degli ospiti e non mancavano mai di impressionare tutti.

III
VENIVANO IN SCIAMI VELOCI

... and is there honey still for tea?*

RUPERT BROOKE, *Grantchester*

C'erano giorni a Laikipia in cui sembrava che le api fossero dappertutto.

Il loro monotono, vibrante ronzio veniva portato dal vento fino a noi prima ancora che si avvicinassero.

Ben presto apparivano: uno sciame scuro di migliaia di minuscoli corpi che volavano in formazione compatta intorno alla loro preziosa regina, seguendo l'odore misterioso che li avrebbe condotti al posto migliore dove stabilire la nuova colonia.

C'era qualcosa di minaccioso nella loro possente determinazione, e non era soltanto la consapevolezza che avrebbero potuto facilmente uccidere me e i cani che dormivano intorno a me: era capitato già una volta ai labrador di Klaus, a Mugie, la proprietà a nordest di Ol ari Nyiro, e non c'era da stupirsi, perché queste erano api assassine.

Intuivamo che erano coinvolte in una missione vitale, dirette a un luogo preciso la cui ubicazione sembrava conoscessero per istinto ereditario, come tutti gli animali che migrano; era tale la concentrazione con cui perseguivano la loro meta che non si sarebbero fermate, si capiva, per nulla al mondo, nemmeno per pungerci, a meno naturalmente che non si sentissero minacciate.

*... e c'è ancora miele per il tè?

A ogni buon conto rimanevamo immobili, interrompendo quello che stavamo facendo, tacendo, senza quasi respirare, fino a che l'ombra era passata.

Capitava che, mentre ero seduta alla scrivania nel mio ufficio di Kuti, sospeso su pali di cedro e affacciato sulla savana, sentivo il brusio delle api in arrivo e mi rendevo conto che lo sciame stava dirigendosi proprio lì.

Improvvisamente le api erano dappertutto, precedute dalle loro staffette attente e coraggiose, che avevano il compito di esplorare prima delle altre ogni angolo della stanza. Dopo qualche istante, rassicurate da un misterioso segnale, tutte le altre seguivano le staffette e sparivano una dietro l'altra in una fessura del soffitto.

Quello che mi lasciava sbalordita era l'istinto infallibile che le spingeva, la precisione militaresca delle loro azioni, lo scopo così chiaramente definito della loro esistenza, caratteristiche che forse solo le formiche, tra tutte le creature, hanno in comune con le api.

Tra i luoghi favoriti dalle api c'erano la stanza di Emanuele, il bagno della stanza di Sveva, la cucina, la mia camera oscura e la vasca da bagno nella grande stanza degli ospiti, che chiamavamo la stanza di P.B.

La vasca era stata costruita infatti per le visite del principe Bernardo di Olanda, che veniva spesso a stare da noi a Laikipia e dormiva sempre in quella particolare stanza degli ospiti.

Era il patrono della Gallmann Memorial Foundation, e nel corso degli anni era diventato un vero amico, che rispettavo e su cui facevo affidamento, un "angelo custode" su cui sapevamo di poter contare.

Amava la natura, gli piaceva osservare gli animali, sentire la libertà e lo spazio di questo magico angolo d'Africa, e condivideva la mia missione di cercare di conservare il suo fragile e prezioso ecosistema per il futuro. Era molto anziano, ma aveva lo spirito e l'energia di un giovanotto. Le sue visite erano un onore e una gioia per la gente di Ol ari Nyiro e quando stava per arrivare lavoravamo tutti sodo per fare in modo che tutto fosse perfetto.

La pista d'atterraggio veniva controllata per essere sicuri che non ci fossero termitai né buche di facoceri, la casa veniva lustrata e messa in ordine, la sua bandiera con lo stemma bianco e arancione veniva issata e sventolava nella brezza sul pennone eretto apposta nel prato dietro casa, i suoi prediletti garofani bianchi erano sistemati in un vaso nella sua stanza, e una piccola selezione di cassette di musica messicana era preparata come accompagnamento musicale la mattina prima del breakfast, quando preferiva non parlare. Quando avevo finito di organizzare il menu in anticipo per essere certa che non mancassero i suoi cibi preferiti, e sapevo di avere abbastanza limoni verdi e buon parmigiano, peperoncino fresco, olio d'oliva, tenero filetto, crostacci, dolce melone di Voi, datteri e il migliore vino bianco secco, allora andavamo tutti a controllare il suo bagno per assicurarci che le api, che di solito si annidavano dietro la vasca, se ne fossero andate.

E tuttavia c'era un'immensa, genuina semplicità in P.B., ed ero certa che non ci avrebbe fatto troppo caso.

Come quella volta che Recho, la cameriera, forse un po' nervosa, aveva chiuso a chiave per abitudine la porta della sua stanza dall'esterno, con lui dentro, e lui aveva scavalcato tranquillamente la finestra ed era apparso nel soggiorno con un gran sorriso, divertito alla nostra costernazione, come un ragazzino che avesse fatto una marachella.

Ho sempre avuto rispetto per le api, piccoli esseri intelligenti, industriosi e capaci di grandi risultati, e perciò si era creata tra noi una coesistenza pacifica.

Sedevo al computer nel mio ufficio e non mi preoccupavo, pur sapendo che nell'angolo destro del soffitto, ricoperto di stuoie di palma *doum* che venivano da Meru, ferveva l'attività, e le api operaie andavano e venivano nell'intercapedine calda e protetta tra il tetto di lamiera e il rivestimento di paglia.

Il loro ronzio persistente creava un sottofondo che di tanto in tanto superava anche il verso degli uccelli – che pure sono famosi per il loro canto nel mio giardino-oasi di Kuti – e sconcertava i pochi visitatori che avevano il permesso di entrare nel mio rifugio.

La mutua accettazione delle nostre presenze continuò per parecchio tempo, senza che superassimo quell'invisibile barriera territoriale la cui violazione avrebbe fatto scoccare la scintilla dell'aggressività e avrebbe portato a un attacco immediato.

Mantenevo sempre una certa distanza dal loro nido, e solo di tanto in tanto una staffetta veniva a controllarmi, ronzando petulante, eccitata e frenetica a pochi centimetri dalla mia faccia.

Sapevo che era pericoloso e Aidan, maestro d'api, di miele e di piante, mi aveva insegnato a rimanere immobile, evitando i movimenti improvvisi che mi sarebbero venuti istintivi. Era difficile, ma in generale ci riuscivo. Un giorno però feci l'errore di scacciare un'ape con la mano quando era ancora troppo vicina e lei mi punse velocissima sul naso. Il dolore fu immediato e penetrante come quello di una scottatura profonda e non accennava a diminuire: mi aveva punto molto vicino all'osso, e non c'era spazio dove il veleno potesse diffondersi e svanire lentamente, e inoltre il pungiglione era ancora dentro.

Gli occhi mi lacrimavano per il male e nel panico commisi il secondo sbaglio: mi strofinai il naso per estrarre il pungiglione, riuscendo solo a farlo penetrare ancora più profondamente e a spremere il veleno che conteneva.

Quando finalmente fui in grado di rimuoverlo, sulle pinzette c'era una minuscola spina che somigliava a un microscopico artiglio divelto, e l'ape giaceva morta sul pavimento. Qualche ora dopo, nonostante l'antistamina, la mia faccia sembrava una maschera grottesca, come il muso di un maiale, e dovevo essere davvero ridicola se persino Aidan, normalmente serio e solenne, quando mi vide l'indomani scoppiò in una risata così allegra e irresistibile che non ne dimenticherò mai il suono.

Sveva, al contrario di me, era allergica alle punture d'api che le provocavano reazioni molto forti. Camminando a piedi nudi nell'erba le era capitato spesso di calpestare un'ape e una volta fu addirittura attaccata da un intero sciame mentre era ferma in macchina con un amico ad ascoltare musica vicino a un alveare nascosto. In un attimo l'abitacolo si riempì di insetti e Sveva ne uscì di corsa con alcune api già dentro la camicetta. Le operaie irritate diedero l'allarme, e i soldati cominciarono a inseguirla mentre balzava lungo la discesa. Per fortuna si ricordò di correre a zig zag dentro e fuori l'ombra degli alberi per disorientare le api. Ma i soldati continuarono a seguirla e altre api stavano arrivando.

Quando, avvisata dall'amico spaventatissimo, giunsi sulla scena, Sveva era seduta sotto un'acacia, in reggipetto, tutta coperta di punture e in procinto di svenire, ma non riusciva a smettere di ridere davanti all'assurdità e alla comicità della situazione. Le somministrai una dose di adrenalina, di cui tengo sempre una scorta, e un po' di antistamina che le fece venire sonno e in breve tempo si sentì meglio.

Le api volevano però dire soprattutto ottimo miele, e noi sapevamo come prenderlo.

Nella foresta vicino all'acqua e sulla cima di alcune acacie Gerardie che crescevano nei pressi della pista d'atterraggio di Kuti avevamo appeso ai rami degli alberi delle arnie speciali, ricavate da tronchi cavi, fatte nella regione di Tharaka, i cui abitanti erano per tradizione esperti apicultori. Queste arnie appartenevano a Sveva, erano istoriate con disegni di fiori e con il suo nome incisi con un ferro caldo ed erano un regalo di Aidan.

Due volte all'anno, dopo le piccole piogge e durante le grandi piogge, i nostri Tharaka – che fossero ranger o mandriani, contabili o giardinieri – annusavano l'aria e dicevano:

«*Ajambo sisi nahenda kuangalia rusinga. Nyuki tamalisa asali kama sisi taceleua.* Sarebbe bene andare a controllare le arnie; le api si mangeranno tutto il miele se tardiamo.»

Cominciava così un vero "alveare di attività".

Silas Kabotho, il capo della nostra squadra antibracconaggio, e lui stesso un Tharaka, andava a prendere tutti gli "*inginia ya nyuki*" – come gli esperti apicultori si autodefinivano con senso dell'umorismo – Francis Chabaria, Steven Muitheria, Jacob Makombe e Isaiah Mutura, che erano tutti Tharaka a parte Lokoro Achuka, un Turkana alto e dall'aspetto gradevole che poteva arrampicarsi fino ai rami alti più facilmente dei piccoli Tharaka.

Essi radunavano un'attrezzatura incredibile di: secchi, filtri, imbuti, lunghi contenitori con coperchi e fasci e un tipo speciale di spessa erba di palude, che si chiama *kisinga* e che ha la particolarità di bruciare senza fiamma, sprigionando un fumo denso e aromatico.

Il fumo doveva scacciare le api dalla loro arnia il tempo necessario per rubare quasi tutto il miele, lasciandone però abbastanza per le api nei favi, in modo che non fossero costrette ad abbandonare l'arnia e continuassero a riprodursi e a nutrirsi. Bisognava scegliere una notte senza luna, o un'ora molto prima del sorgere della luna, perché era importante non farsi vedere, altrimenti le api si sarebbero subito avventate sui ladri.

Gli uomini partivano cantando nella notte, in piedi sul retro del nostro vecchio pick-up Toyota verde, e la mattina dopo tornavano tutti con parecchi pungiglioni in corpo, che si toglievano senza perdere il buon umore, da gente che non faceva storie. I barili si riempivano di miele denso e fragrante dal sottile aroma di *mukignei*, e sulla superficie galleggiavano api e cera, mentre frammenti perfetti di pettine, che sembravano ali intricate di mitici insetti, erano stesi al sole su piatti di metallo.

Col calore del sole il miele sarebbe scorso come uno sciroppo dorato attraverso un setaccio nei contenitori, e dozzine di barattoli di squisito nettare si sarebbero allineati sulle mensole della dispensa, "cibo per gli dei".

IV
DONNE POKOT

Ewoi ewoi laleya sisanya
Ewoi ewoi kemi polen.*
Canto di benvenuto delle donne pokot

Tra i nostri vicini a Ol ari Nyiro c'era la tribù dei Pokot.

Vivevano sui pendii della Rift Valley verso il lago Baringo: mentre le donne pascolavano le pecore e le capre, gli uomini andavano a caccia o si preparavano – come nei tempi andati – alle guerre tribali o alle scorrerie per rubare il bestiame dei loro tradizionali nemici, le tribù dei Turkana e dei Samburu. Anche se queste tribù vivevano più a nord, di tanto in tanto organizzavano anche loro incursioni nei territori altrui.

Inevitabilmente le scaramucce erano l'occasione per feroci rappresaglie: vere operazioni di guerra, durante le quali spesso interi villaggi venivano distrutti e la popolazione uccisa indiscriminatamente.

Erano tutte e tre tribù di pastori, e, benché diverse per aspetto, usi e costumi, avevano in comune la credenza incrollabile che Dio, quando aveva creato il bestiame, lo aveva dato per sempre alla loro tribù.

Rubare il bestiame – nelle notti di luna piena, approfittando del barlume argenteo che una luna immensa gettava sulla savana dormiente – era considerato semplicemente riprendersi ciò che era loro di diritto.

I Samburu – alti e flessuosi come i loro cugini Masai –

* Tutto va bene tutto va bene taci e ascolta / tutto va bene tutto va bene è un giorno di pace.

portavano una coperta rossa negligentemente ed elegantemente drappeggiata su una spalla. Sorvolando la savana in aereo, si distinguevano subito, mentre pascolavano le loro mandrie, punti rosso vivo come papaveri scarlatti nelle vaste praterie.

Gli uomini turkana indossavano corte *shuka* rosso cupo e copricapi di un blu vivido decorati con piume di struzzo, mentre le loro donne andavano in giro a petto nudo, regali, le gambe slanciate coperte da lunghe gonne di cuoio ondeggianti e gli esili colli da gazzella stretti da file e file di collane fatte di grosse perle rosse, bianche e blu. Le loro piccole teste orgogliose erano adorne – in una acconciatura sorprendentemente moderna – di centinaia di treccine unte di grasso di capra, e una frangia spessa ombreggiava loro la fronte e riparava dal sole spietato i loro superbi, e supremamente indifferenti, occhi all'insù.

I Pokot sono completamente diversi.

Appartengono al clan dei Kalenjin, sono generalmente più bassi, muscolosi, abilissimi a scomparire nel fitto della boscaglia e cacciatori insuperabili. Gli uomini vestono *shuka* nere, portano sandali di pelle non conciata, curiosi mantelli cerimoniali fatti di un'unica pelle di leone che termina con la coda dell'animale e acconciature di sterco dipinto di blu con una penna di struzzo ficcata nel mezzo, non dissimili da quelle dei Turkana.

Le donne si rasano il cranio e lasciano solo un ciuffo civettuolo di capelli arricciati sul sommo, come la cresta di un uccello esotico.

I Pokot seguono ancora i costumi di un tempo, e donne di età diverse portano diversi tipi di ornamenti.

Le bambine usano solo un minuscolo perizoma di pelle ornato con qualche perlina, e una collanina sottile intorno al collo.

Arrivate alla pubertà, prima della circoncisione le ragazze raccolgono nella boscaglia una pianta simile a un asparago selvatico, che tagliano prima a rondelle e poi, con un coltello affilato, in piccole perle cilindriche che, messe per qualche tempo a seccare, presto scuriscono. Con queste perline fanno delle collane a molti giri, tonde e piatte, che arrivano quasi a coprire le spalle, come dei collettoni di legno; ogni tanto le decorano con delle conchiglie, di solito le cipree monete, o con degli spilloni o con una chiave o una cerniera trovata chissà dove.

Fino a quando la ferita della circoncisione non si è rimarginata, le ragazze si nascondono in gruppi di amiche lontano da occhi maschili e mettono sulla fronte ornamenti di perle oblunghe, coloratissime. Subito dopo prendono marito, e per il resto della loro vita porteranno attorno al collo parecchi strati di enormi collane di perle rosse, giallo-arancio, verde chiaro e nere, bordate di grandi perle romboidali i cui colori dominanti sono il rosso e il nero.

Le donne pokot hanno zigomi alti, graziosi lineamenti arrotondati, il mento a punta: sono piuttosto diffidenti, ma hanno un carattere caloroso e il senso dell'umorismo. Nel corso degli anni mi affezionai molto a loro, e divenni una figura importante nelle loro vite come loro lo erano nella mia.

Sapevano di poter contare sulla mia amicizia e sul mio aiuto e venivano da me quando uno dei loro figli si ammalava, quando una capanna veniva distrutta da un incendio e avevano bisogno di un tetto nuovo, quando le terribili cicatrici della circoncisione rendevano un parto lungo e pericoloso ed era necessario trasportare la puerpera all'ospedale di una missione lontana, oppure solo per avere in dono del tè o dello zucchero.

Io davo loro una mano comprando i loro oggetti artigianali: *kibuyu* oblunghi scavati nelle zucche dove conservavano il latte o l'acqua, grembiuli di pelle ricamati di perline di vetro, o monili. In cambio loro mi portavano in regalo erbe medicinali, radici rare, strane polveri dal gusto pungente che curavano quasi tutto.

Le chiamavo per nome, e loro mi chiamavano Guki.

Mi piacevano tutte e con tutte andavo d'accordo, ma la donna con cui stabilii un legame veramente speciale era Cheptosai Selale.

L'ncontrai per la prima volta molto tempo fa, quando cominciai a interessarmi ai segreti delle piante indigene che crescevano abbondanti a Ol ari Nyiro. Ero fermamente convinta che, se fossimo riusciti a dare un valore a quelle piante di cui si sapeva così poco, la gente le avrebbe considerate in modo diverso e protette.

Avevo notato che, dopo le prime piogge, la nostra gente di Kuti si tuffava nella boscaglia e ne riemergeva con una varietà di radici e frutti e bacche e foglie e cortecce che bollivano in forti tisane, che usavano come rimedio per quasi ogni malattia.

«Chi ne sa di più? Chi è l'esperto? Chi è il *Fundi ya dawa ya Miti?*, chi è l'esperto nella medicina che viene dalle piante?»

«Oh» risposero «è Mama Langeta. È vecchissima. Vive a Churo.»

Langeta era uno dei dieci Pokot che impiegavamo come guardie per la protezione della selvaggina nella riserva pokot.

Il suo compito era di tenere sotto controllo i bracconieri, e di evitare che un rinoceronte uscisse dai nostri confini, che allora non erano ancora recintati.

In tipico stile africano, una madre viene chiamata col nome del figlio maggiore una volta che questo è diventato adulto o, se non ha figli maschi, col nome della figlia più grande. Molti, oltre a Nyawera, a Mama one, e a Kuki, o Guki, mi conoscono come Mama ya Makena, il soprannome di mia figlia, che significa "Quella che Sorride".

La madre di Langeta sedeva nella polvere davanti alla

sua capanna, la prima volta che la vidi. Era piccolissima di statura, ma sedeva ritta, fiera e solenne: i suoi occhi enigmatici, con quella sfumatura grigio-verde che l'età regala ad alcuni africani, mi osservavano impassibili, e sapevo che non le sfuggiva niente. Anche durante quel primo incontro, sebbene venissimo da mondi lontanissimi l'uno dall'altro, sentii un'affinità profonda con quella piccola donna. Mentre, attraverso un interprete, le chiedevo se avrebbe accettato di condividere con me la sua conoscenza delle piante, cosicché le potesse sopravvivere, ero sicura che questo sarebbe stato solo il primo di molti altri e più importanti incontri.

Quando finii di parlare, lei semplicemente annuì in silenzio.

Da allora divenne una figura familiare lungo i sentieri di Ol ari Nyiro, seguita dalle sue aiutanti, la figlia maggiore, Selina, ed Esta Buoliamoi, una parente più giovane, che aveva un occhio solo, ma che era intelligente e anche lei esperta nella scienza delle piante.

Sviluppammo un legame profondo e quasi telepatico, e spesso accadeva che, al ritorno da un viaggio all'estero, trovassi Cheptosai seduta sul mio prato, i suoi sacchetti di polveri ordinatamente disposti vicino a lei, e una bottiglia di una tisana forte e amara appena preparata per me, per farmi tornare in forma.

Amava molto mia figlia Sveva, che tutti chiamavano Makena, ed era capace di camminare per ore insieme alle sue compagne per venire a danzare ai rodei, ai compleanni e alle cerimonie. Adorava ballare e guidava le altre donne alzando le braccia a tempo di musica e battendo il terreno con i piedi nudi.

Quando Sveva compì diciott'anni, venne a ballare per lei. Arrivarono quando il sole era alto forse un centinaio di persone – giovani guerrieri e donne di varie età –, si diressero correndo in formazione alla pista d'atterraggio di Kuti, e cominciarono a cantare.

«Un tempo eri una bambina, ma ora non sei più una bambina» cantavano le ragazze. «Un tempo appartenevi a tua madre, ma ora appartieni a noi. Tu sei diventata una donna ora, una donna come noi, Makena, e questa è la tua casa.»

I guerrieri cantarono:

«Tu sei nostra sorella, tua madre non deve temere quando è lontana nei suoi viaggi, perché noi ci prenderemo cura di te. Se c'è un problema, chiamaci, e verremo in tuo aiuto.»

Sollevarono le lance in aria minacciosamente, alzando le ginocchia nella loro danza, come un branco di struzzi in corsa.

Cheptosai si avvicinò a Sveva e l'abbracciò, e io seppi ancora una volta, con un brivido, che questa era per sempre "casa", che appartenevamo a questa gente e loro erano parte di noi, per sempre.

Cheptosai, nonostante il passare degli anni, rimaneva come senza età.

Pareva che la sua faccia raggrinzita avesse raggiunto uno stadio in cui le rughe e i segni del tempo non potessero più aumentare, una specie di eternità immutabile.

Piccola e dritta come sempre, Cheptosai divenne così magra che la pelle le si tendeva sulle ossa; i suoi occhi verde grigio, velati di vecchiaia, mi fissavano con una saggezza divertita nella faccia di cuoio, altrimenti impassibile, da antico camaleonte.

La *shuka* lisa era legata intorno alle spalle come il mantello di una regina, e il ciuffo di treccioline ispide vibrava sulla cima della testa come una preziosa corona. Da tutta la sua persona emanava una dignità immensa, regale, e quando, incontrandomi dopo un po' di tempo che non ci vedevamo, mi abbracciava con una rara e gracchiante risata lo consideravo un grande privilegio.

Un giorno alla nostra postazione di Corner Gate giunse la notizia che Cheptosai era così malata che non poteva nemmeno muoversi. Suo figlio Langeta era venuto di persona a portare il messaggio.

Mandai immediatamente Silas e Lokoro alla loro *manyatta* in un camioncino Toyota equipaggiato con un materasso e una coperta: sapevo che non c'era tempo da perdere e rimasi ad aspettare con ansia.

Quando lo strepito di ferraglia sulla strada sassosa annunciò il loro ritorno, corsi verso la macchina. Sedeva sul sedile anteriore avvolta nella sua coperta, a occhi chiusi, e le borse pesanti e gonfie sotto le palpebre accentuavano la sua straordinaria somiglianza con un camaleonte. Le orecchie pendule, forate in più punti e ora prive di ornamenti, incorniciavano la sua faccia avvizzita, apparentemente senza vita.

Una parente l'osservava in silenzio, impassibile, come fanno gli africani quando sono preoccupati.

Attraverso il finestrino abbassato le afferrai la spalla e sentii che sotto la *shuka* il corpo era emaciato come uno scheletro e bruciava di febbre.

Il respiro era rantolante.

«Cheptosai» la chiamai gentilmente, cercando di dare alla mia voce un tono d'incoraggiamento. «*Cheptosai, ni mimi. Ni Guki.* Sono io. Sono Kuki.»

Aprì gli occhi – pozze grigio-verdi nella lava bruciata del suo viso – e dal suo sguardo vagante vidi che era lontanissima, e che tra poco non avremmo più potuto raggiungerla. Le abbassai l'orlo della palpebra: era gonfio e infiammato. La pelle fragile rimase segnata dall'impronta del mio dito.

Era completamente disidratata.

«Quando ha bevuto l'ultima volta oggi?» chiesi in kiswahili.

«Oggi non ha bevuto affatto» rispose la donna in pokot, tramite Langeta che traduceva «e non ha mangiato.»

«E quando è stata l'ultima volta in cui ha bevuto o mangiato?»

La donna scrollò le spalle.

«Oh, molti giorni. Non vuol mangiare.»

«Cosa le dai da mangiare?»

«*Posho*. Abbiamo solo *posho*. Rifiuta il latte.»

Rabbrividii, pensando ai grumi duri e mezzo crudi di polenta che cercavano di farsi strada giù per la sua gola delicata.

Disidratata e febbricitante, Cheptosai stava morendo di fame.

Con cautela la presi in braccio e la deposi sotto un'acacia, sull'erba. Sembrava una mummia, rinsecchita, scarna, con gli occhi chiusi, le palpebre infiammate color indaco.

Corsi in cucina e chiesi a Simon di preparare uno dei suoi famosi tè rinvigorenti: concentrato, con molto latte, addolcito con abbondante miele selvatico profumato di zenzero e di semi di cardamomo.

Questo tè si prepara facendo bollire insieme tutti gli ingredienti, in modo che i sapori e le spezie si fondano, e poi si passa attraverso un setaccio. Si chiama *kjeniegi-chai* – tè alla moda tradizionale – ed è un vero toccasana.

Mi inginocchiai sull'erba davanti a lei reggendo in mano la tazza di tè e un cucchiaio e dissi:

«*Amini mimi Cheptosai*. Devi fidarti di me. Solo poche gocce. Prova. Lascia che ti imbocchi. Piano piano.»

Schiuse le labbra sottili. Il liquido rosato sgocciolò lentamente sulla lingua screpolata.

Aspettai che inghiottisse con fatica. Dopo un po' inserii nella bocca un altro cucchiaio di tè. E un altro.

Guardare Cheptosai che riviveva bevendo *kjeniegi-chai* mi faceva venire in mente quelle sequenze accelerate nei documentari naturalistici in cui i boccioli si schiudono e fioriscono nello spazio di pochi secondi.

La velocità della sua trasformazione era sbalorditiva. Per la prima volta il miracolo del ritorno alla vita, grazie al potere del liquido e delle sostanze energetiche, accadeva davanti ai miei occhi.

I suoi occhi ripresero vita, si fissarono impassibili nei miei e afferrò la mano in cui tenevo il cucchiaio di metallo. Fece cenno con la testa verso la tazza e la appoggiai alle sue labbra. Assetata com'era, inghiottì a grandi sorsi rumorosi il liquido, come un poppante il latte, e in pochi attimi non ne era rimasto neanche una goccia.

Poi mi fissò ancora – l'ombra del suo familiare sorriso nelle pupille esauste – e con un filo di voce, accennando a Simon che stava fermo in piedi dietro di me con un thermos di tè, mormorò chiaramente:

«*Ngine.* Ancora.»

Una risata liberatoria esplose dal pubblico, e, guardandomi intorno, mi accorsi che una piccola folla di spettatori si era radunata silenziosamente.

Concentrata su Cheptosai, non li avevo visti venire.

Silas, Epetet Lokoro e la nostra gente di casa stavano in piedi da un lato, e dietro a me Simon, i giardinieri e Muthee, l'idraulico che era venuto a riparare una pompa spaccata dagli elefanti. E dall'altro lato Langeta e Tomoko, con le *shuka* nere e polverose all'altezza dei miei occhi e le punte delle loro lance pokot conficcate nel prato.

«*Yeye tapona tu*» dichiarò Simon fiducioso. «*Wewe alifania mzuri.* Guarirà, hai fatto la cosa giusta.»

Le sue parole furono accolte da esclamazioni di approvazione e di sollievo.

«Cheptosai» dissi io «*saa yako badu.* La tua ora non è ancora arrivata. *Mungu utaitua wewe siku ngine.* Dio ti chiamerà un altro giorno.»

Questo avveniva più di cinque anni fa. Cheptosai guarì perfettamente, e non ci volle molto per vederla di nuovo, magra e arzilla come una cavalletta, camminare per miglia a piedi nudi, lungo i sentieri di Ol ari Nyiro, alla ricerca delle sue erbe medicinali.

L'assisteva la più giovane figlia di Selina, la sua nipotina, Chepteset, i cui lineamenti – testa tonda e fronte alta, ossa lunghe – tradivano, *pater incertus umquam*, una parziale origine luo. Si rivolgeva alla sua parente anziana con rispetto, chiamandola sempre *Jojo*, nonna.

La ragazzina crebbe all'ombra della nonna che serviva e di cui si curava; non andò mai a scuola, e non credo che imparasse mai a scrivere o a leggere. I suoi occhi erano attenti e vivaci e non le sfuggiva niente di quanto succedeva intorno a lei; mi chiedevo spesso che cosa avvenisse, che pensieri frullassero dietro il suo bel viso impenetrabile.

Nell'agosto del 2000 sua madre Selina e suo zio Korete vennero con me a Nairobi per la prima volta in vita loro, per partecipare alla prima benefica del film *Sognavo l'Africa*, tratto da un mio libro, e di cui Selina e le donne di Churo sarebbero state tra i beneficiari. Nessuno dei due si era mai spinto oltre Naivasha, dove erano andati una volta con il mio autista, Mutaba, a trovare il figlio maggiore di Selina, che lavorava come askari in una *farm* ed era gravemente ammalato.

Nairobi li sbalordì. Accovacciati nel retro di un pick-up, guardavano con meraviglia le mille luci dei negozi e la folla di estranei, la confusione di automobili e bus, e si rifiutarono di scendere.

«*Sisi nahangopa*» gli occhi di Selina erano enormi nella faccia apprensiva. «Abbiamo paura» confidò candidamente a me, che ero l'unico volto familiare in quella confusione. Agghindati con le loro pelli e perle coloratissime, sembravano uccelli esotici intrappolati in uno zoo irreale. Li presi per mano, gentilmente ma con fermezza, e, mormorando con voce calma parole d'incoraggiamento, li guidai mentre salivano con me, goffamente, le prime scale della loro vita.

La prima fu un successo strepitoso e venne raccolto denaro a sufficienza per comprare una macchina per macinare il grano e costruire un magazzino, i doni che avevano scelto.

La loro presenza – oltre a quella di Simon, che rimase seduto immobile vicino a me per tutto il tempo e alla fine dichiarò che il Simon del film era proprio come lui – garantì alla cerimonia quella verosimiglianza che era tristemente mancata alla versione cinematografica.

Selina fu assente da casa solo una notte e due giorni, ma quando tornò sua figlia non c'era.

Durante l'assenza della madre, Chepteset e una sua amica, attratte dalla promessa di eccitazione, si erano avventurate alla cerimonia di circoncisione di alcune ragazze della loro età, non troppo lontano dal villaggio. In un modo o nell'altro si trovò coinvolta nei riti, non osò rifiutare, e – orrendo pensiero – fu circoncisa a forza.

Quest'antica, barbara tradizione consiste nella mutilazione dei genitali femminili ed è praticata da delle vecchie prive di qualsiasi nozione di igiene o di medicina senza sterilizzare il coltello rugginoso e affilato come un rasoio – uno solo per tutte le ragazze – e naturalmente senza uso di anestetici.

La ragazza non deve muovere neanche un muscolo e non deve dimostrare nessuna paura, ma di solito – oltre alla madre e ad altre donne del clan sempre presenti – c'è con lei una madrina, il cui compito è di tranquillizzarla e immobilizzarla, tenendola saldamente per le spalle.

Lei era sola.

L'orrore e il panico della povera Chepteset devono essere stati atroci. Selina – una volta me ne aveva parlato brevemente, e perciò sapevo come la pensava – aveva sperato di risparmiare alla figlia più giovane questa ferita crudele che lei stessa aveva subito, inflitta malamente al suo intimo corpo di donna, e che aveva influenzato la sua vita, rendendo pericolosi e dolorosissimi i suoi numerosi parti.

Quando venne di persona, in lacrime, a raccontarmi quello che era successo, non potei far altro che abbracciarla in silenzio, come una sorella.

Ora, a fatto accaduto, la tradizione richiedeva che una nuova serie di collane di perle di vetro venissero a sostituire i monili di legno di asparago selvatico che Chepteset aveva portato fin dalla prima adolescenza, e Selina mi domandò di comprarle io – il dono di una madrina – perché lei non si poteva permettere l'alto costo di perle importate.

Fu così che, dopo circa una settimana, armata di un cesto pieno di sacchetti di perle di vetro nere, rosse, arancio, gialle e verde pisello, e di alcuni fili di conchiglie, andai una mattina, accompagnata da Selina, a trovare Chepteset.

Parcheggiai la macchina vicino al recinto del confine ovest di Ol ari Nyiro, dopo la curva di Lokwagalesh, e proseguii a piedi verso la riserva dei Pokot.

La boscaglia diventava subito meno fitta, l'erba, divorata da troppe capre e vitelli rachitici, quasi non c'era più, e la capanna mezza in rovina di Korete pendeva sbilenca in un'aia coperta di polvere e spazzatura.

Cento o duecento metri più in là, in un folto di cespugli spinosi che celava una piccola *boma*, Chepteset e la sua amica si nascondevano agli sguardi estranei.

La sua faccetta graziosa e tonda sembrava la stessa di sempre – o c'era forse già una *nuance* più riservata e matura? – e mi dette il benvenuto con un sorriso stranamente timido, educato, con gli occhi abbassati, da donna fatta.

«*Karam nyaman, Guki.* Ti saluto, Kuki.»
«*Karam nyaman.*»

Sul sommo della testa dipinta di ocra rossa c'era uno strano ornamento di perle oblunghe dai colori vivaci, come una frangetta di bacche di vetro, che scendeva fin quasi a coprirle gli occhi.

Una volta guarita – quando agli uomini sarebbe stato permesso di vederla e di chiederla immediatamente in moglie in cambio di una dote di bestiame – si sarebbe tolta quell'ornamento e si sarebbe messa intorno al collo tanti strati di collane larghe ed eleganti, fatte col dono di perle che le stavo offrendo.

Guidai assorta, lentamente, sulla strada del ritorno, pensando a Sveva, un'altra figlia d'Africa e a quanto diverso fosse invece il suo destino.

Così i riti di passaggio sono celebrati ancora nella mia Laikipia.

Kuki bambina.

La mamma di Kuki
e zia Otti.

Zia Vito.

Una famiglia di donne: zia Otti, zia Vito e la mamma di Kuki.

Kuki bambina con la mamma, nel 1944.

Fine della guerra:
il papà di Kuki
a Roma nel 1945.

Kuki e il nonno, a Mira.

La casa di Mira.

Kuki ragazza,
tra i fiori.

Un'infanzia solitaria:
Emanuele nel
giardino di Mira.

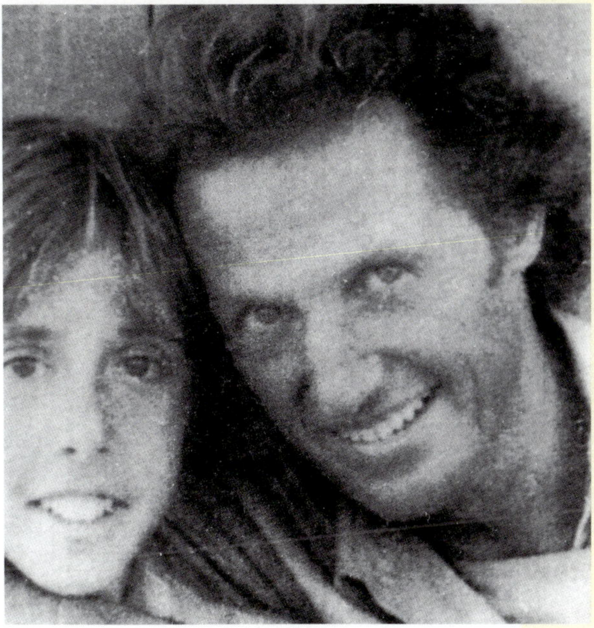

Paolo ed Emanuele.

Emanuele
con i pesci tigre,
al lago Turkana.

Le rocce di Paolo.
Ol ari Nyiro.

Sveva con Jana
e Hamish nel
giardino di Kuti.

Kuki con Cheptosai
Selale, Selina Selale
e Esta Buoliamoi,
le donne pokot
delle erbe.

Foto John Sacher

Ol ari Nyiro: donne
turkana che danzano
a una Ngoma.

Foto Alain Bougrain Dubourg

Kuki e la sua amica Cheptosai Selale.

Foto Iain Douglas-Hamilton

Progetto rinoceronte: Sveva alla prima immobilizzazione del rinoceronte Mainda.

Sveva con
Langeta, Chepteset
e Cheptosai.

Foto John Sacher

Uomini turkana.

Kuki con i suoi
cani a Kuti.

Il cuoco
di Ol ari Nyiro:
Simon Itot.

Scrivere nel bush
all'ombra dell'aereo.

Foto Aino Block

Il bagno dei cani.

Foto Max Alexander

Tramonto
sul lago Baringo.

Foto Amedeo Buonaiuti

Il matrimonio
di Sveva e Charles.

Foto Anna von Kanitz

Sveva danza con le
donne pokot.

Foto Anna von Kanitz

Sveva e Charles sulla "collina della capra perduta".

V
UNA DINASTIA DI CANI

> ... she was always attentive at the feelings of dogs and very polite if she had to decline their advances.*
>
> GEORGE ELIOT, *Middlemarch*

Sul prato davanti alla mia stanza dieci ciotole di metallo luccicano al sole di mezzogiorno.

Dozzine di uccelli beccano il *posho* rimasto incrostato sul fondo, in un incessante frullio d'ali di tutti i colori.

Una o due tortore, diversi bulbul, storni dal piumaggio turchino cupo e, nella stagione delle piogge, si aggiungono a loro gli uccelli tessitori intenti a fare a brandelli il papiro della vasca dei pesci per costruire i loro nidi ingegnosi, eleganti ma robusti, che pendono dai rami delle acacie della febbre gialla.

La piccola Mary e la grande Mary si occupano dei cuccioli.

La grande Mary è una ragazza kikuyu, che è venuta a lavorare per noi qualche anno fa col compito principale di accudire i cani, quando non ce la facevo più a occuparmi dei pasti dei miei dieci pastori tedeschi, della pulizia e del bagno settimanale per liberarli dalle zecche, delle regolari cucciolate e degli incidenti di caccia. È robusta, con maniere dirette, di buon carattere, e adora gli animali.

La piccola Mary al contrario è gracile e di una bellezza delicata, è della tribù dei Jemps e proviene da Mukutanì,

*... era sempre molto attenta ai sentimenti dei cani, e cortese se doveva evitarne le esuberanti dimostrazioni d'affetto.

nel distretto di Baringo, dall'altro lato delle colline. Ha il viso di una madonna copta, gli occhi all'insù, enormi, che sembrano divorarle il viso, i lineamenti finissimi e una figura aggraziata; è intelligente e cortese.

Sono stata educata ad amare e rispettare i cani. Mi è sempre piaciuta la loro pazienza, la lealtà e la totale dedizione, il senso dell'umorismo, la loro vera amicizia.

In Italia, mio padre teneva sempre dei fox terrier, e io avevo avuto alcuni discendenti del loro capostipite, un nervoso e intelligentissimo maschio quasi bianco che si chiamava Biri; poi avevo adottato Moshe.

In Kenya c'era tutto lo spazio che si voleva, e una dinastia numerosissima di pastori tedeschi ha allietato la mia vita nel corso degli anni: il primo fu Gordon, il mio prediletto, e l'ultimo ora è Grey, il nuovo re, che ha gli inquietanti occhi grigio ferro di un lupo vero.

A Laikipia nuovi cani entrano continuamente nella mia vita, nati nella tana abbandonata di un facocero, appena fuori del mio giardino, o sotto il divano della mia stanza da letto, o in rifugi segreti nella boscaglia.

Le madri portano i neonati in bocca, di notte, da un nascondiglio all'altro, e li depongono sotto cespugli di bougainvillea, o siepi di aloe oppure sotto il mio letto. All'inizio sembrano piccole talpe cieche dalle pancette tonde, ma presto diventano cuccioli furbi e vivaci che si rincorrono, si arrendono, rotolano instancabili sul prato di Kuti e cacciano farfalle, sempre con le stesse mosse, ereditate da una generazione all'altra. E da adulti diventano, ormai pacati e saggi, amici preziosi.

Talvolta scimmie incaute si avventurano nel nostro giardino, in cerca di frutti o bacche selvatiche appena maturate sugli alberi. I miei cani allora si siedono sotto l'albero dove la scimmia si è appollaiata e, con la testa puntata all'insù, immobili, tendono un paziente assedio per ore, finché non riesco a distrarli e la scimmia fugge, saltando sulle cime degli alberi del pepe, come uno strano uccello, con la coda prensile che si aggrappa ai rami.

Quando una pecora o un cammello muore e la carcassa viene portata a Kuti per i cani, capita talvolta che gli effluvi putrescenti attirino un leopardo. Il suo verso ritmico, come il ronzio di una sega, rende isterici i miei cani, poiché il leopardo ama molto la carne canina e in Africa è considerato il loro peggior nemico. Bruce, il cane di Sveva, non ritornò da una passeggiata serale e il mio fedele vecchio Donald, che seguiva la mia macchina, non fu più visto: dalle loro tracce, che sembravano volatilizzarsi nell'aria, capimmo che erano diventati il pasto di un leopardo.

Allo stesso tempo cacciatori e prede, i miei cani vivono una vita piena di eccitazione e di stimoli, seguendo ritmi ancestrali ignoti ormai ai loro sfortunati, anche se più longevi, cugini di città.

Si dileguano all'alba inseguendo tracce di animali selvatici, e sanno subito riconoscere non il ronzio del motore di macchine estranee o l'abbaiare di cani altrui, ma l'ululare della iena, il ronfare sordo del leopardo e il ruggito vibrante del leone.

Vi sono certi suoni che sono tipicamente africani: l'improvvisa, selvaggia raffica di barriti dell'elefante, la iena impazzita che ride, e le rane, frenetiche di vita e sensualità nelle notti senza luna della stagione delle grandi piogge.

Ma, più di ogni altra, la vera voce dell'Africa è il ruggito del leone, fondo, ritmico e minaccioso.

Spesso, la notte, avverto una nota diversa nell'abbaiare dei miei cani; stanno tutti quanti immobili in semicerchio sul prato davanti alla mia stanza, con il pelo teso e irto sul collo come licaoni. Lanciano monotoni latrati in direzione dell'oscurità, e capisco allora, prima ancora di sentirne il verso, che un leone sta passando vicino alla siepe, dietro il cottage degli ospiti.

Se stiamo mangiando, interrompiamo la conversazione,

il boccone sospeso a mezz'aria. Le candele sulla tavola tremolano, e ci guardiamo: "Leone" diciamo, annuendo, o se sono sola guardo Mary o Dorcas e mormoro "simba".

Mentre lo sto dicendo, i cani riprendono ad abbaiare, e la vibrazione del ruggito e del loro latrare sembra riempire fino ai suoi più lontani confini la notte – palla concava e vellutata, piena di stelle e venti improvvisi e suoni remoti – e tutto sembra ruggire insieme al leone.

Se invece sono a letto, nella mia stanza piena di pipistrelli – che scendono lungo la cappa del camino quando le ceneri si raffreddano e danno la caccia in un frullo d'ali incessante alle farfalle notturne fuori dalla mia zanzariera – mi sveglio e sto in ascolto, e ogni volta è emozionante come se fosse la prima.

Ai miei cani piaceva quando cucinavo con Simon, insegnandogli qualche piatto nuovo. Stavano accucciati ai miei piedi e tutto intorno a me, così vicini che mi era impossibile muovermi, formando una barriera di occhi fissi e attentissimi, a cui non sfuggiva il minimo movimento. Sapevano che prima o poi avrei lanciato loro un osso, un brandello di carne, un fegatino di faraona; afferravano i bocconi con un colpo secco di denti, uno alla volta, disciplinati, fiduciosi che il loro turno sarebbe arrivato, perché ero attenta a essere imparziale. Solo se per sbaglio ne saltavo uno si scatenava un breve e ringhioso tafferuglio. Il loro quieto ansimare divideva il pomeriggio con le grida roche dei turachi che zampettavano circospetti sulla cima delle acacie mangiando i germogli più freschi.

Ogni tanto, un arrosto già legato con le erbe aromatiche e pronto per essere infilato nel forno a legna, ricavato da un doppio bidone di lamiera che usavamo per la pizza, sembrava sparito nell'aria: nonostante il suo atteggiamento indifferente, solo due o tre foglioline di rosmarino, appiccicate a un naso umido e nero, denunciavano il ladro.

I miei cani crescono in fretta quassù e diventano presto vecchi soldati che ne hanno viste di tutti i colori.

I fondatori della mia dinastia di cani si chiamavano Gordon e Nditu.*

Tutti i discendenti maschi di Gordon avevano nomi scozzesi come lui, e in modi diversi erano tutti speciali per me, ma alcuni erano veramente eccezionali, come il figlio di Bella, Hector.

Per uno degli anniversari di Emanuele, Aidan, come sempre sensibile e attento, mi aveva regalato una femmina di pastore tedesco: un dono vivo e sangue nuovo per il mio branco di lupi tutti imparentati tra loro.

Era una cucciola di pochi mesi, snella e agile, col pelo lustro e le orecchie all'erta e velocissima nella corsa, come un levriero. La chiamai Bella. Era mite, affezionata, dignitosa e un'insaziabile mangiatrice di carne. Durante una delle mie assenze all'estero, quando aveva appena sette mesi, ebbe prematuramente il suo primo calore e fuggì nella boscaglia con Fergus, un maschio belloccio dal pelo setoso lungo e biondo che doveva avere trovato irresistibile. Il risultato dell'avventura furono, due mesi dopo, tre piccolissimi cuccioli, due dei quali morirono quasi subito.

Non era una brava madre. Troppo giovane ancora per provare la forza dell'istinto, Bella aveva trascurato la cucciolata. Non voleva allattare e ora lasciava solo e affamato, nella sua cuccia coperta da un sacco di iuta e riempita di trucioli, l'unico sopravvissuto. Temevo che avrebbe fatto la stessa fine degli altri due, ma lui, misteriosamente, sopravvisse.

Il canile – in parte coperto da un tetto di lamiera e in parte scoperto – era diviso in due spazi, separati da una grossa rete metallica. Quando non c'erano cani malati o cagne in calore, uno dei due spazi era usato per appende-

* La ragazza.

re la carne destinata a loro, e per conservare la farina per il loro *posho*.

Il cucciolo, spesso solo e affamato, aveva fiutato la carcassa di un cammello ucciso da un leone, che era appesa di fianco al suo recinto.

Imparò ad arrampicarsi sulla rete per rubare la carne. Un giorno andai a vedere come stava, ed eccolo lì, piccolissimo, attaccato a un pezzo di carne che era riuscito ad afferrare attraverso la rete, e che stava scuotendo con grandi strattoni del collo per strapparne dei morsi. Capii solo allora la ragione di quel corpiciattolo curiosamente sproporzionato, con spalle e collo taurini, quasi grotteschi se paragonati alle mingherline gambe posteriori da cucciolo.

Stava tremando per l'eccitazione e i muscoli del collo erano tesi nello sforzo di raggiungere il suo pasto. Colpita e divertita da tanta perseveranza, lo presi in braccio e lo sollevai in alto davanti a me, coccolandolo, ma quasi lo feci cadere perché dalla piccola bocca infantile dalle gengive rosee sporgevano due canini lunghissimi e vampireschi, da cane adulto, sviluppati dalla sua prematura dieta carnivora.

Da quel giorno mi presi cura di lui personalmente e gli feci dare pasti regolari e nutrienti, a base di carne perché ormai non si sarebbe più adattato alle pappe; ben presto tutto il corpo si sviluppò e irrobustì a misura dei suoi denti e del suo collo, e nel giro di qualche mese si trasformò in un atletico giovane lupo.

Lo chiamai Hector, e divenne la mia ombra.

La vita dei miei cani è breve, affannata, avventurosa, ma piena di amore e di soddisfazioni. Si nutrono spesso delle carcasse, lasciate dal leone, che trovano nella savana, e si comportano come un vero branco: le femmine vanno in calore tutte insieme e per accoppiarsi si appartano discretamente nel *bush*. Nella savana, per dei grandi cacciatori come loro, le avventure non mancano, ma vengono anche morsi da una miriade di insetti nocivi e, come gli animali selvatici di cui condividono il territorio, sviluppano malattie sconosciute ai loro simili più domestici. Le mosche tse-tse e le zecche sono le più insidiose perché i sintomi delle punture sono lenti a manifestarsi e spesso, se io sono via, ci si accorge che sono gravemente malati quando è troppo tardi per intervenire.

Quando io non ci sono, i miei cani rimangono emotivamente più soli, sentono la mancanza della casa illuminata, dell'odore di cibo, delle voci e della musica, dell'andirivieni di gente, dei fuochi accesi di sera e dei gesti di affetto con cui mi associano: un naso grattato, pelo lisciato, parole affettuose chiaramente rivolte a loro. Si allontanano più spesso da casa, per cercare stimoli nella notte africana, e si espongono così a seri pericoli. Ritornano da un incontro con i babbuini o con i facoceri coperti di brutte ferite e, qualche volta, non ritornano affatto.

Ho sempre il timore di tornare da un viaggio e scoprire che l'uno o l'altro dei miei amici se n'è andato.

Ma non ci fu data peggiore del 2000 per la mia famiglia di cani, un anno in cui viaggiai più del solito per la fondazione e per il lancio del film tratto dalla mia autobiografia.

L'11 maggio 2000 scrivo nel mio diario:

> Quattro dei miei cani sono morti durante le tre settimane in cui sono stata via. La loro assenza colora il prato vuoto con ombre di dolore. Quattro tumuli ancora freschi dietro il cespuglio di *muridjo*, vicino alle tombe di Paolo e di Emanuele.
>
> Jack: bello e discreto, cacciatore provetto, di febbre delle zecche. Flynn, maestoso e prematuramente anziano, il padre di questa nuova generazione di cuccioli, annegato nella vasca dei pesci da cui non riusciva a uscire, indebolito com'era dalla febbre della mosca tse-tse. Rosie fulminata nel giardino di Nairobi, quando un cavo dell'alta tensione precipitò nell'erba durante un temporale e lei curiosa andò a investigare. E Callum, il più bello e il più grosso di tutti, sempre goloso e affamato, di febbre anche lui. Rimane Hector, il mio favorito, il più leale, l'erede di Gordon.

Ma anche Hector non doveva durare a lungo. Al mio ritorno da un viaggio successivo, se n'era andato anche lui, un'altra vittima della mosca tse-tse.

Sì, piansi sul mucchio di pietre e terriccio dove era stato deposto il suo corpo avvolto in un sacco, ispido e rigido nella morte, vicino alle ossa di tanti suoi antenati. Pensai tristemente, sentendomi in colpa, ai suoi ultimi giorni, quando sentiva già le forze abbandonarlo, eppure teneva duro sperando, nel suo leale modo canino, che il potere del suo amore e del suo desiderio mi riportasse a casa, a prendermi cura di lui, a carezzargli un'ultima volta il muso.

Ma non c'era stato il tempo per un ultimo "Come stai, mio Hector", come gli dicevo al ritorno da un lungo viaggio, quando era invariabilmente il primo a saltare sull'ala dell'aereo appena atterrato a Kuti, possessivo, mugolando la sua felicità. Non c'era stato il tempo per un'ultima notte di sogni di caccia, sul tappeto della mia stanza, prima che l'ombra lo raggiungesse.

Un altro cane eccezionale è una giovane femmina che si chiama Sky.

Il giorno 16 ottobre 2000, scrivo nel mio diario:

La cucciola rimasta – sua sorella è stata uccisa da un leone una settimana fa e lei è riuscita a sopravvivere chissà come – quella con la buffa coda mozza che chiamiamo Sky come l'isola al largo della Scozia, non è tornata dal *bush* dove aveva seguito gli altri per una scorribanda.

È piovuto tutta la notte seguente la sua scomparsa e quella dopo, e dal conforto del mio letto, sotto un piumone con una bottiglia d'acqua calda e le braci baluginanti del fuoco di *lelechwa* davanti a me, ho pensato con tristezza e impotenza al suo corpo tremante e gelato nella pioggia persistente, a lei intrappolata nella melma, o su un albero tra le fauci di un leopardo, o magari terrorizzata e sanguinante in una buca sotto un'euclea, ferita da un facocero, il suo sangue che intride il fango.

E l'indomani, 17 ottobre:

Ciò che temevo fosse accaduto a Sky era pura premonizione. La forte immagine che mi evocava si è dimostrata stranamente e intensamente accurata.

Stamattina, mentre mi guardavo intorno nel prato disperata, cercando d'immaginare dove mai potesse essere – non avevamo trovato tracce da nessuna parte dopo la pioggia della notte scorsa – d'improvviso ecco un gran scodinzolare e i miei cani sono di nuovo qua, affannati, con le lingue penzolanti. Quando il gruppo si è disperso e i cani si sono seduti o sdraiati ansanti di qua e di là, ho notato del rosso sull'erba e ho sentito la grande Mary, china su una forma tremante, che gridava:

«*Ni Sky! Kwisha rudi!* È Sky! è tornata!» E la piccola Mary è arrivata di corsa. Si sono chinate insieme, preoccupate, e poi si sono girate verso di me per chiamarmi. Ero già lì, ed ecco la mia piccola Sky scossa dai brividi, che batteva i denti, così debole che non poteva nemmeno alzare la testa.

Era riuscita a trascinarsi a casa dopo due notti passate a sanguinare nella pioggia e con le ultime forze era arrivata fino alla porta della mia stanza.

La parte chiara del petto era lacerata nel mezzo dalla profonda ferita della zanna di un facocero. Le gengive erano anemiche per la perdita di sangue, ma il naso era umido, e quando mi ha visto ha cercato di dimenare la coda.

Ha bevuto assetata il latte schiumoso che le hanno offerto in una ciotola, e dopo averla rasata e disinfettata le ho dato dei bocconi di fegato crudo, imboccandola come una bambina malata. Mi ha leccato le dita, e mi ha guardato adorante, coi suoi occhi dolci e umidi da gazzella.

Sapevo che Sky aveva uno spirito indomito e sarebbe sopravvissuta.

Ma ancora oggi, più di un anno dopo, quando un leone si avvicina al mio giardino di notte, Sky, che dorme appena fuori dalla mia porta, si alza e comincia a ululare con un timbro innaturale e vibrante, un suono antico, monotono e intimo allo stesso tempo. Viene da migliaia di anni di scorribande nelle praterie, e da generazioni di lupi, ed è una specie di istintivo e rispettoso riconoscimento della forza superiore del grande gatto che si aggira ai confini del mio giardino.

La chiamo allora dolcemente e lei viene con la testa bassa, per essere accarezzata, ma nei suoi occhi leggo il suo coraggio, e la memoria del leone.

VI
ONORA LE ERBE

> Onora le erbe: le loro virtù sono nascoste, ma esistono.
>
> PARACELSO

Quando Paolo e io per la prima volta attraversammo in macchina Ol ari Nyiro, e io cercavo di assorbirne tutto lo spazio e la bellezza, la prospettiva di diventare gli arbitri del destino di un luogo così straordinario proiettava sui nostri cuori un solenne silenzio, come se dall'alto un drappo leggero fosse stato lanciato su di noi, e non parlavamo.

Ero profondamente turbata.

Curiosità, eccitazione, paura dell'ignoto si mescolavano al desiderio bruciante di imparare a conoscere quella che stava per diventare casa mia: un luogo diverso e remoto dalle rive familiari della mia gioventù.

Il cuore dell'Africa sul ciglio della valle del Grande Rift era il posto dove avrei vissuto da ora in poi.

Tutto intorno a noi era una fitta boscaglia, quasi impenetrabile, nella quale si mischiavano fiori, cespugli di ogni tipo e veri e propri alberi.

In alcune parti predominavano l'acacia Gerardia e l'euclea verde cupo, e l'erba gialla era rada sul bruno suolo argilloso. Dove il terreno diveniva rossastro e granuloso, il cespuglio più diffuso era un alberello alto due metri o poco più, con il tronco grigio e legnoso, la corteccia rugosa e mazzi di foglie argentee e vellutate che terminavano in un fiocco di fiori bianchi.

«Che pianta è?» chiesi a Paolo. «Sembra essere ovunque, come una monocoltura, ma non l'ho notata fuori dei confini della tenuta.»

«In masai la chiamano "*lelechwa*", perché le foglie sono quasi bianche. È un'erba infestante. Inutile a quanto pare, nessun animale la mangia, gli uccelli non vi nidificano e gli insetti la evitano...»

Fino al lontano orizzonte le colline sembravano coperte di questa pianta: il suo aroma penetrante e piacevole era pulito come il cielo in un'alba sugli altipiani.

Più tardi scoprii che era il rifugio preferito dei rinoceronti neri, e dei bufali, che amavano dormire alla sua ombra e strusciarsi contro le sue foglie.

Non ho mai capito la parola spregiativa "erbaccia". Un'erbaccia è semplicemente una pianta di cui non abbiamo avuto il tempo di scoprire di più, che cresce dove non la vogliamo.

Inoltre il *lelechwa* era troppo abbondante da noi per considerarlo come qualcosa di inutile. Era chiaramente indigeno e adattato perfettamente alle aspre condizioni ambientali. Gli elefanti, voraci e sempre pronti ad assaggiare qualsiasi pianta esotica osavamo introdurre, non erano affatto interessati al *lelechwa*, e perciò non c'era nemmeno bisogno di proteggerlo con complicati e costosi recinti elettrificati.

Notai poi che in alcune parti della proprietà, dove un incendio aveva distrutto tutta la vegetazione che ora stava lentamente rispuntando, i giovani e vigorosi germogli di *lelechwa* erano quelli che crescevano prima di qualsiasi altra pianta, punteggiando vellutati e rigogliosi il terreno rosso di *murram*.* Era chiaro che le sue contorte radici, sepolte nel profondo del suolo sassoso, tra tane di facoceri e dedali di termitai, erano riuscite a sopravvivere.

* Terra rossa e granulosa.

Intuii che c'era qualcosa di molto importante in questo fatto. Se una pianta così resistente si fosse potuta trasformare in una risorsa, invece di essere considerata inutile o dannosa, avrei potuto dimostrare che nel seno della ricca biodiversità dell'Africa c'è una ragione e un uso per tutto.

Le piante ci guardano passare, silenziose, custodi di tutti i segreti che nella nostra arroganza non ci siamo curati di indagare.

Essendo indigeno, il *lelechwa* trova in questo povero, esausto terreno rosso l'energia per crescere e il nutrimento di cui ha bisogno. Vigoroso, non amato dagli elefanti e dalla maggioranza degli altri erbivori, resistente agli incendi, repellente agli insetti, abituato alla siccità, cresce senza bisogno di fertilizzanti e di irrigazione, né di alcuna altra cura: basta tagliarlo e raccoglierlo sapendo che ricrescerà immediatamente.

Una coltivazione ideale, se solo fossimo riusciti a trovare il modo di utilizzarlo. Promisi a me stessa che avrei cercato di scoprirne il potenziale nascosto e di ricavarne qualcosa di utile.

Gli anni passarono e altri problemi più gravi occuparono i miei pensieri. Paolo morì in un incidente stradale mentre ero incinta della nostra bambina. Sveva nacque, bellissima e solare. Poi Emanuele lo seguì, col serpente.

Costituii in loro memoria una fondazione, con lo scopo di studiare l'ambiente e ogni possibile uso delle risorse naturali, per dimostrare che la presenza e l'attività umane in Africa possono armonizzarsi con la conservazione dell'ambiente e che l'uso sostenibile delle risorse ambientali è la chiave della loro sopravvivenza. Educazione, protezione degli animali e delle piante e ricerca erano essenziali al successo della mia crociata.

Il rinoceronte dormiva, grigio e massiccio, sotto i cespugli di *lelechwa* bianco; russava, e dalle sue narici larghe e secche usciva un respiro profondo come il fiato di un dinosauro.

Era così difficile di solito scorgere i rinoceronti attraverso il folto della vegetazione, e adesso eccolo qua.

Come per i leoni, gli elefanti o il leopardo finito in gabbia, catturato in flagrante mentre stava divorando un agnello, essere così vicini a un animale selvaggio è una esperienza bizzarra e che intimidisce: si prova disagio e si ha la sensazione di essere degli intrusi, come nella profanazione di un mistero.

Intorno a lui, si affaccendavano molte persone.

Il veterinario tedesco che l'aveva immobilizzato con una freccia contenente un potente sedativo era in piedi di fianco all'animale, e gli versava gocce di collirio negli occhi semichiusi dalle palpebre pesanti, per impedire che si asciugassero troppo.

Mezza dozzina di ranger si davano il turno con un secchio, a versargli acqua a intervalli regolari sulla pelle spessa e rugosa per rinfrescarla e impedire che si disidratasse, mentre gli studiosi raccoglievano campioni di urina e di sangue. Iain Douglas Hamilton, il famoso esperto di elefanti e mio carissimo amico, assistito dalle figlie Saba e Dudu, scattava foto e la piccola mano di Sveva, curiosa, si allungava esitante a toccare la pelle scura e possente dell'animale addormentato. Rob Brett, lo scienziato che lavorava per la fondazione ed era responsabile di tutta l'operazione, la prima del suo genere in Kenya, stava trapanando il corno anteriore per inserirvi una minuscola radio trasmittente.

Un odore d'unghia bruciata riempiva il pomeriggio infuocato.

Era il primo dei nostri rinoceronti a venire munito di radio trasmittente, che ci permetteva di seguire i suoi spostamenti, registrare i suoi incontri con altri rinoceronti e assicurarci che non oltrepassasse i confini sicuri della proprietà, avventurandosi in zone dove la sua sopravvivenza non avrebbe potuto essere garantita, anzi dove i bracconieri lo avrebbero di sicuro ucciso, come era già accaduto a molti altri rinoceronti.

Quello che mi colpì di più fu il fatto che la pelle di quel vecchio animale sembrava stranamente fresca e nuova, come se fosse appena nato. Era un esemplare maturo, con un lungo paio di corna, eppure non aveva neanche un graffio.

«Guardate quella pelle.»

«Che cos'ha di strano?»

«È intatta, perfetta, liscia... nessuna cicatrice, nessun graffio purulento, non una ferita infetta, non un grappolo di zecche. Una pelle grigio perla, elastica, pulita. Come nuova.»

Era sbalorditivo e ricordo di aver subito pensato: "Deve essere il *lelechwa*".

Cominciai a essere ossessionata dalla curiosità di scoprire il perché.

Forse dipendeva da qualcosa che l'animale mangiava.

Iniziammo immediatamente una ricerca sulle piante preferite dai rinoceronti. Era un progetto particolarmente importante, perché i rinoceronti di Ol ari Nyiro sono indigeni e, per quanto ne sappiamo, hanno scelto questo habitat fin dalla loro comparsa sulla terra: la loro eccezionale buona salute era dovuta di certo a una dieta ideale. Il governo del Kenya stava stabilendo riserve per rinoceronti in parti del paese dove non risultava che fossero esistiti fino ad allora, come il parco di Nakuru. Come si faceva a sapere se avrebbero trovato anche lì ciò di cui avevano bisogno per essere in buona forma?

La ricerca diede risultati interessantissimi, ma sapevo che la dieta da sola non bastava a giustificare l'assenza di cicatrici e di infezioni.

Anche se la pelle era sana, era ovvio che non si potevano evitare graffi, tagli, punture d'insetti e, di conseguenza, piaghe infette.

Ciò su cui si strusciavano doveva essere qualcosa che uccideva i germi, una specie di antisettico. Il *lelechwa*.

Con il permesso del ministero dell'Ambiente, raccoglievamo già la parte legnosa della pianta e attraverso un sistema speciale ne ricavavamo un carbone "ecologico" mentre le radici erano usate per oggetti di artigianato. Ora cominciai a interessarmi alle proprietà delle foglie e imparai a estrarne gli oli essenziali: nel corso degli anni le analisi dimostrarono che contenevano un potente disinfettante, una vera panacea per curare la maggior parte delle imperfezioni della pelle, dai graffi alle eruzioni, dalla forfora al piede d'atleta, e che si poteva trasformare in shampoo per eliminare i parassiti nei cani, o in creme che facevano scomparire l'acne e allontanavano le zanzare.

Ne cominciai l'estrazione commerciale, usando il *lelechwa* come un raccolto che continuamente si rinnovava.

Avevo dimostrato, con pieno successo, che questa pianta straordinaria aveva un valore e mi guardai perciò intorno per scoprirne altre, concentrandomi su quelle che erano più abbondanti e che potevano garantire una continua fonte di materia prima.

I milioni di corolle di gelsomini che sbocciano dopo le piogge sembrano nuvole basse che si estendono fino al limite dell'orizzonte.

Sui rigogliosi cespugli verde pallido, ciocche rosa e bianche ingioiellano le colline. Il profumo è intenso ma delicato, temperato da sfumature di vaniglia e di caramello, e pervade l'aria calda e immobile come la carezza sensuale di un gigantesco boudoir.

I Masai la chiamavano "lemuria" e il nome è stato adottato nel corso degli anni da tutte le diverse tribù di questa parte del Kenya.

Vi sono molti tipi di gelsomino a Ol ari Nyiro: il tradizionale "floribundo", delicatissimo, che fiorisce in calici trasparenti, quello rampicante dalle foglie minute, e quello, non un vero e proprio gelsomino, che i libri di botanica chiamano *Carissa Edulis*. Il suo aroma fruttato, inimitabile e delicato è come una nostalgia di eleganti cose di un tempo, una promessa di delizie a venire.

Dopo poche settimane, infatti, i suoi fiori si trasformano in bacche rosse e dure, che, maturando, diventano più scure e più morbide; allora uccelli d'ogni tipo, strani insetti e tutti i *toto** turkana, si lanciano all'attacco, perché i frutti sono squisiti, dolci, ricchi di vitamine, una vera ghiottoneria.

Anche noi naturalmente li raccoglievamo. Nei tardi pomeriggi di agosto e settembre, quando il sole ha perso il suo mordente, spesso Sveva e io prendevamo dei cesti e ci inerpicavamo in macchina sulle colline oltre Kuti, fino alla vecchia Boma ya Taikunya, dove migliaia di cespugli in fiore ci aspettavano, e cominciavamo la raccolta.

Portavamo il nostro bottino a Simon – le facce impiastricciate di rosso e le dita appiccicose di succo vischioso e zuccherato – e per giorni nuvole di vapore sciropposo emanavano dalla cucina, dove in grandi *sufuria*** posate su una fila di *jikos**** pieni di braci, marmellate e gelatine di lemuria sobbollivano allegramente, pronte a essere trasformate in cento dessert o in salse di accompagnamento a piatti di selvaggina, fino alla stagione successiva.

Solo più tardi appresi che la radice di lemuria può essere trasformata in una tisana speziata e potente, una via di mezzo tra un afrodisiaco e un tonico, simile, e per molti versi molto più efficace, al ginseng coreano.

Le persone anziane amavano molto questa specie di

* Bambini.
** Pentole.
*** Fornelli rudimentali a carbonella usati per cucinare.

*chai,** che aveva la reputazione di essere un rimedio contro i reumatismi e i raffreddori e che dava una sferzata d'energia e un nuovo vigore a membra rattrappite e stanche.

Ho un sogno: trasformare Ol ari Nyiro in un centro mondiale nel campo della ricerca etnobotanica, in Africa, affinché lo straordinario ambiente naturale del Kenya possa essere conservato, per la sua gente e per tutto il pianeta, e per dimostrare che c'è veramente sempre qualcosa di nuovo da scoprire, in Africa.

* Tisana, tè.

VII
UOVA DI STRUZZO

Ex ovo omnia.*

WILLIAM HARVEY,
De Generatione Animalium

Nel bel mezzo della stagione secca, a Ol ari Nyiro, gli struzzi sembravano materializzarsi d'improvviso. Non avevo idea dove si nascondessero durante i lunghi mesi delle piogge, ma eccoli che trottavano lungo i sentieri, pavoneggiandosi davanti alla nostra macchina, correndo un po' di sbieco e a ginocchia alzate, soli o più spesso in coppia.

Gruppi di femmine grigiastre scortate da un maschio arrogante, bianco e nero con gambe rosse e pustolose, avanzavano maestosi attraverso le pianure. Facevano ferocemente la guardia al loro nido e ciononostante spesso una iena o un branco di babbuini o una furba mangusta dalla coda bianca riuscivano a trovarli incustoditi e a rubare le uova, uno alla volta.

Il predatore più ingegnoso era però l'avvoltoio egiziano. Aveva imparato a volare alto sopra il nido con una pietra stretta tra gli artigli e, raggiunta una certa quota, a farla cadere sulle uova, spaccando il guscio liscio color crema, per poi scendere a ingozzarsi col tuorlo giallo e denso. In questo caso lo struzzo abbandonava il nido condannato e se ne andava a deporre uova altrove, assicurando, con pratico opportunismo privo di sentimentalismo, la sopravvivenza della sua specie.

* Dall'uovo proviene ogni cosa.

Sapendo che comunque le uova abbandonate non si sarebbero mai schiuse, le rubavamo per usarle come decorazione o, se il nido era recente e le uova ancora fresche, per mangiarle.

Vedersi davanti l'enorme tuorlo di uno sbalorditivo, gigantesco uovo fritto è una sensazione grandiosamente gulliveriana, ma il modo migliore per gustarlo era farne una frittata per il breakfast o strapazzarlo per un grande party: un uovo di struzzo equivale a trenta uova di gallina.

Il basilico selvatico è una varietà di basilico estremamente aromatica e commestibile che cresce a profusione in Kenya nella stagione delle piogge, in luoghi ombrosi. Delizioso tritato in una minestra cremosa e speziata, è anche il condimento ideale per le gigantesche frittate di uova di struzzo.

Ho sempre amato la forma ovale, le uova come oggetto di perfezione assoluta, fin da quando ero bambina.

La mia fascinazione per le uova era cominciata un giorno – avrò avuto poco più di due anni – quando, frugando con uno stecco nella sabbia vicino all'alta ciminiera della filanda del nonno a Crespano, trovai alcune piccole uova giallognole, picchiettate di bruno.

Stavano in una piccola cavità appena sotto la superficie, e le contemplai a lungo con la sensazione di aver violato un segreto.

Parevano fragili e allo stesso tempo compatte e, senza bisogno di una spiegazione, capii che contenevano qualcosa d'importante, di misterioso, che doveva essere protetto e conservato al caldo e al buio, qualcosa di vivo.

Mi dissero che erano uova di tartaruga.

Preoccupata di avere disturbato senza volerlo un delicato processo, le seppellii di nuovo, con cura, rincalzando la sabbia intorno a loro come impalpabili lenzuola: iniziò così, per caso, la mia stupefatta ammirazione e rispetto per ogni oggetto piccolo e ovale in generale, e per le uova in particolare.

In campagna c'erano uova dappertutto. C'erano quelle bianche, zuccherose dei piccioni che tubavano senza sosta nella colombaia sotto il tetto di un edifico che dava sul giardino, e quelle microspiche e irresistibili delle galline nane, dette "*peppole*" in dialetto, che nascondevo nella tasca anteriore del mio grembiulino.

La notte spesso sognavo di trovare un nido, nascosto tra i rami più bassi dei cespugli di nocciolo o tra le felci e il muschio del sottobosco, ed era come se scoprissi un tesoro. Le uova erano di ogni colore e dimensione, alcune pallide e delicate, altre venate e dall'aria pericolosa come quelle di biscia, o improbabili ed enormi come le uova dorate di Pasqua, avvolte nella stagnola, ma la loro scoperta mi lasciava sempre soddisfatta e appagata.

La mia vita all'aperto mi permetteva innumerevoli incontri con le forme ovali di ogni tipo: in primo luogo i fagioli, e poi naturalmente i bozzoli gialli dei bachi da seta.

Semi, bozzoli e uova erano per me simili non solo nella forma, ma anche per l'impressione che mi davano di contenere una vita dormiente; in modi diversi li collegavo alla filanda, che mi affascinava.

La filanda riaprì per breve tempo i battenti dopo la fine della guerra. Era composta di una serie di edifici bassi di mattoni dal tetto di tegole, di un rosso appannato dalla fuliggine del tempo, come la maggioranza degli edifici della fine dell'Ottocento.

La filanda era per me sinonimo di animazione, di gente: poiché allora ero figlia unica e spesso sola, amavo la confusione, il brusio di voci indaffarate della fabbrica. Di tanto in tanto arrivava un grande camion grigio, carico di sacchi di iuta, che si annunciava con un fragore metallico di marce e di ingranaggi – un esaltante frastuono – e scaricava i grossi sacchi rigonfi su uno spiazzo di cemento. Venivano dai forni dell'essiccatoio di Gorgo al Monticano, dove erano stati radunati durante l'"ammasso", parola in gergo che definiva il periodo del raccolto, quando i contadini dei dintorni portavano i bozzoli setosi tessuti dai bachi da seta che avevano allevato in tralicci ricoperti di foglie di gelso. I bozzoli, con il loro ignaro baco dormiente, venivano essiccati in forni ad alta temperatura e poi spediti alla filanda.

Qui, mediante un affascinante procedimento, questi misteriosi e chilometrici gomitoli naturali con un bandolo solo venivano dipanati e riavvolti su delle spolette tonde e, in seguito, filati e trasformati in lucide treccine.

Mi ricordo l'animazione, i sacchi che si accumulavano sull'impiantito formando tunnel e grotte dove io mi intrufolavo per nascondermi come Gulliver nel paese dei giganti, il vocio delle operaie – ognuna davanti a un bacino pieno d'acqua bollente in cui brillavano spazzole rotanti di modesta saggina come le scope – che echeggiava dalle navate come in un immenso alveare. Le spazzole giravano velocissime, allentando il fitto groviglio di fili, e le lustre bellissime spolette di ottone avvolgevano la seta nuova in gomitoli color giallo oro.

Nell'aria fluttuava un odore denso, greve, inconfondibile: odor di seta, odor di "bigatto".

Era questo il nome dialettale per ciò che restava del miserabile baco da seta, tostato, sbollentato e inerme, privo del suo nido – mummia senza bende e senza più sarcofago –, per sempre fisso nel sonno da cui non si sarebbe più svegliato farfalla.

Era un odore vagamente nauseante, repellente come i rimasugli di bruco rivelato nella posa prenatale dal dissolversi del suo rifugio, ma per me era evocativo e accattivante, e mi piaceva, così come mi piacevano la gente affaccendata, il meccanico Toni con la tuta blu e l'odore ferroso della sua officina, e soprattutto l'intervallo di mezzogiorno, quando la sirena suonava e le operaie uscivano di corsa, ridendo e cantando verso il refettorio.

Credo che si portassero qualcosa da casa, ma la filanda provvedeva sempre un primo piatto caldo e nutriente, di solito una zuppa casalinga che veniva cucinata in immensi pentoloni cilindrici appoggiati su strani fornelli quadrati in muratura.

Le pentole non sembravano enormi solo a me, ma lo erano veramente, perché ricordo che più tardi utilizzammo gli stessi contenitori per bollire il bucato con cenere e calce, come si usava allora.

Una classica zuppa molto apprezzata era una sorta di minestrone di fagioli freschi, una specialità di quella parte del Veneto. Delizioso aroma di verdure, prezzemolo, aglio, carote, cipollotti e fagioli borlotti rosati, grossissimi, che venivano dal paese di Lamon, che sobbollivano lentamente in acqua con olio d'oliva, sale e pepe.

La cuoca, una donna formosa e allegra con un fazzoletto colorato intorno alla testa, sgusciava velocemente i fagioli.

Io guardavo i preparativi, curiosa, seduta su una piccola sedia impagliata. Il cumulo cresceva e sembrava formato da minuscole uova di porcellana rosa pallido picchiettate di bruno, lisce e ovali e irresistibili.

Raggiunsi l'orlo del tavolo e afferrai un fagiolo che era rotolato fuori dal mucchio. Lo tenni in mano per un poco, finché divenne umido e caldo come il mio palmo. Poi ne provai la liscezza strofinandolo contro il labbro superiore, un metodo infallibile per scoprire qualsiasi asperità.

Che sensazione divina la superficie tesa, liscia e ancora fresca con un odore verde e nuovo! Ma, non so come, il fagiolo scivolò e mi si conficcò profondamente nella narice. Più cercavo di rimuoverlo, più profondamente si incastrava nel mio naso delicato.

Disperazione.

Non riuscendo a tirarlo fuori, andai a cercare mia madre. Ricordo il colore grigio ammuffito del muro che rasentavo mentre il cuore mi batteva forte.

Avevo tre anni.

Mia madre era in cucina, intenta a preparare la sua famosa torta di mele.

Rimasi a guardarla in silenzio per un po', con gli occhi a malapena a livello del piano di marmo del tavolo; la pasta stesa dal mattarello, le mele sbucciate e affettate, disposte a cerchio su uno strato di marmellata fatta in casa, coperte di zucchero e burro fuso, spolverate di cannella e buccia di limone.

«Ho un fagiolo.»

«Brava, tesoro.»

«Un fagiolo... nel naso.»

«Certo.» Gli adulti non stavano mai attenti, non veramente.

Sbuffai.

«Un fagiolo *dentro* il naso. Mi fa male.»

Questo attirò di colpo la sua attenzione. Mi guardò perplessa, come mettendomi a fuoco per la prima volta:

«Impossibile. Fammi vedere, tesoro. Vieni qui.»

Mi spinse verso la finestra per ispezionarmi il naso.

La sua faccia cambiò espressione mentre la osservavo. Si rivolse a Egle.

«È vero!» si girò verso di me, costernata. «È vero! Come ha fatto un fagiolo a finire lì dentro...»

Furono chiamate le zie, la nonna, le domestiche. Si dettero il turno a scrutare la mia narice, sbalordite, dando ognuna un consiglio diverso: infine fu deciso che, poiché il fagiolo era finito così vicino alla radice del naso, la cosa migliore da fare era portarmi all'ospedale, in modo che se ne occupasse il dottor Mantovani.

Ospedale: odore di disinfettante. Porte a vetri dipinte di vernice verde con suore in grembiuli bianchi. Bacili di metallo e guanti di gomma e lunghi corridoi e voci basse. Era la prima volta che ci entravo, e lo detestai.

Il buon dottor Mantovani mi frugò il naso con un lungo strumento di acciaio mentre due infermiere mi immobilizzavano. Scalciai e mi dimenai. Mi sentivo tradita. Il dolore fu improvviso e acutissimo, ma passò subito. Attraverso le lacrime vidi il fagiolo intrappolato dalle pinzette davanti ai miei occhi.

Il dottor Mantovani stava ridendo.

Per mesi e mesi, ogni volta che mi vedeva – con la mancanza di logica spesso dimostrata anche dagli adulti migliori – continuò a chiedermi se una fogliolina fosse per caso già spuntata dalla mia narice o non ancora. Rispondevo irritata che non era possibile, aveva rimosso il fagiolo e ce l'avevo io, me l'aveva restituito lui dopo l'operazione.

Lo conservavo, avvolto nella bambagia, in una scatoletta di metallo che tenevo nel cassetto del comodino, dove andavo a controllarlo regolarmente, per timore che l'intera storia fosse stata un sogno e che il fagiolo non fosse in realtà mai stato rimosso.

Lo misi in un vasetto di terracotta sulla mensola di una finestra, e presto un germoglio verde e vigoroso spuntò, con mio grande sollievo e meraviglia.

L'uovo di struzzo era destinato a diventare un simbolo diverso nelle nostre vite. Appresi più tardi, da mia madre, che significava «morte e resurrezione», poiché la morte dell'uovo segna la nascita dell'uccello, così come lo spuntare di una pianta significa che il seme è finito, e la fine di uno stadio è sempre l'inizio di un altro.

Sapevo che Paolo aveva dato un significato all'uovo di struzzo che aveva appeso nel mezzo del nostro letto a baldacchino, gravido di un segreto messaggio che dopo la sua morte decisi che non potevo più leggere.

Un uovo di struzzo color crema rimase appeso così sopra il mio letto per giorni e mesi e anni, a ricordare la fine di una fase, l'esistenza di altre dimensioni, con un ultimo messaggio di Paolo, il cui corpo era già diventato un albero in fondo al mio giardino.

Quando lui morì, io stavo aspettando un bambino: ero anch'io un uovo.

Come l'uovo, anch'io ero un guscio che conteneva una vita, ma la vita che io contenevo era ancora lì. Non c'era notte in cui andassi a letto senza pensare a lui, tutti quegli anni, e sapevo che niente di ciò che avrei potuto fare me l'avrebbe restituito. Così amai la sua bambina bionda con gli occhi come il sole africano e come l'Oceano Indiano.

Paolo mi stava mandando un messaggio anche quando non poteva più parlare.

Una notte d'aprile di tre anni dopo, avvolta in una coperta, nel mio letto, col corpo di mio figlio steso vicino a me, la notte della sua veglia, capii che l'uovo era anche come il corpo di Emanuele, un guscio dopo che la vita ne era stata soffiata via. Capii che la lezione dell'uovo era l'uovo.

Aprirlo non importava più, e lo seppellii con lui.

VIII
ELEFANTI IN GIARDINO

Ex Africa semper aliquid novi.*

PLINIO IL VECCHIO,
Naturalis Historia

Nella mia casa di Kuti, costruita su un colle nel mezzo della savana da cui si scorgono in lontananza le colline che si affacciano sulla Rift Valley, cerco di vivere con grazia, facendo onore nella vita quotidiana alla bellezza che mi circonda, alle generose offerte che l'Africa mette continuamente a disposizione: i tronchi alla deriva, accarezzati dai venti, o le curiose radici di *lelechwa* e i rami d'ulivo selvatico, da scolpire trasformandoli in una ciotola, in un cucchiaio o nella testa di un ippopotamo.

Ma ci sono anche la *mboga ya mussua* – il fungo gigante che cresce sui termitai durante le piogge di luglio –, le ciocche di bacche rosso cupo che prendono il posto delle nuvole di fiori di carissa e il lungo e magro filetto che un giorno strappammo dalla carcassa dell'eland appena ucciso dal leone, pareggiando in qualche modo il conto per gli innumerevoli capi di bestiame divorati dai leoni ogni mese.

Ho sempre amato utilizzare le cose che la natura ci offre, come la gente di qui ha fatto da tempo immemorabile, e non ho mai perso il senso di meraviglia per la bellezza e la gratitudine per i suoi doni preziosi.

* C'è sempre qualcosa di nuovo da scoprire in Africa.

Una settimana dopo l'inizio delle piogge cominciavamo a guardarci attorno cercando i funghi che crescevano sui termitai.

Quando rientravamo in macchina alla sera, l'aria era pregna d'acqua, la luce di un colore grigio opalescente e la valle di Lera verdissima e gocciolante; talvolta enormi alberi della febbre gialla – con la corteccia consumata e annerita da lunghe cicatrici e le foglie di filigrana leggera sparite da tempo – erano crollati sul sentiero, ed eravamo obbligati a deviare attraverso il sottobosco intriso d'acqua.

I dik dik stavano immobili sotto le foglie dei cespugli come statue di fauni, le antilopi d'acqua ci osservavano senza paura e le radici dei fichi selvatici si aggrappavano ai massi grigi di granito in un abbraccio silenzioso, arti di piante e corpi di roccia avvinti.

Nugoli di termiti nel volo nuziale tremolavano davanti alla Land Rover, le pallide ali dorate nel riflesso del sole al tramonto, come folletti.

Nei loro segreti campi sotterranei queste creature industriose curavano i loro giardini nascosti; al buio e all'umido dalle spore crescevano i funghi, e alcuni riuscivano a raggiungere la debole luce che filtrava dai tunnel d'aerazione.

Funghi gianteschi spaccavano la superficie del suolo come pugni possenti che emergessero dal centro della terra, e mentre guidavo lungo i sentieri di *murram* rosso di Ol ari Nyiro notavo un punto bianco in lontananza su un cumulo di terriccio e, guardando col binocolo, vedevo uno o due – ma qualche volta anche otto o dieci – funghi in vari stadi di crescita.

Simili all'inizio a mazze di tamburo, si trasformavano lentamente in larghi ombrelli carnosi della grandezza di un piatto, e foravano la terra per venire presto attaccati, fuori dalla portata dei loro possessivi guardiani, da una serie di creature diverse.

Dai dik dik agli elefanti, alle eleganti ragazze turkana che bilanciavano i lunghi gambi sulle delicate spalle nude vicini ai numerosi giri di collane di perline blu e rosse che portavano al collo, tutti andavano pazzi per queste mostruose leccornie.

Le termiti che li avevano coltivati lottavano invano per trattenerli – quando li raccoglievo, strappavo ridendo dalle mie dita le teste scure e impotenti che le avevano addentate – ma io stavo attenta a lasciare sempre qualche fungo per loro, vincendo la tentazione ingorda di raccoglierli tutti, e sentendomi così parte di un mondo equilibrato, nel quale gli elefanti e i porcospini rubavano le mie verdure e anch'io potevo essere ladra a mia volta, quando veniva il mio turno.

Era risaputo che questi funghi mi piacevano molto: e nei giorni delle prime piogge una processione di gente faceva la coda davanti alla mia cucina per scambiare i funghi con un dono di zucchero, o tè, o sapone, o tabacco.

Un Simon raggiante, il cui cappello bianco inamidato da cuoco, che lui portava schiacciato da un lato, alla ribalda, era di forma simile a quella di questi strani vegetali, ringraziava tutti calorosamente, e poi si accingeva a cucinarli subito in cento modi.

C'erano naturalmente anche altri tipi di funghi: quelli bruni che crescevano nelle vecchie *boma* e che si potevano essiccare come i porcini e quelli allucinogeni, che spuntavano solo sugli escrementi di bufalo, minuscoli elfi portatori di sogni. Ma li lasciavo dov'erano, perché avevano tutti un equivalente quasi identico e velenosissimo, e identificarli era sempre un problema. Mi limitavo a raccogliere quelli che conoscevo bene e che, per la loro taglia particolare, non potevano venire scambiati per nessun altro.

In un mondo di soli carnivori non me la caverei troppo bene, perché non sono un'entusiasta mangiatrice di carne.

Eppure ho sempre pensato che ci sia un'enorme differenza tra un animale d'allevamento condotto a essere sgozzato nell'orrore di un macello – dove annusa l'odore del sangue dei suoi predecessori e della paura dei suoi sfortunati compagni – e un animale a cui invece si spara, o che viene ucciso velocemente da un predatore mentre si trova libero e senza sospetti nel suo ambiente naturale, quando l'adrenalina del terrore non ha ancora corrotto il sapore e la sostanza della sua carne.

Poche carni sono più deliziose di quella dell'eland, la più grande delle antilopi africane. Queste creature imponenti e solenni, con pesanti sottogola, lunghe code in perenne agitazione, gambe segnate da macchie nere e corna dritte marcate tutt'intorno da solchi profondi come giganteschi coni di gelato, sono state perseguitate per la loro carne eccellente allo stesso modo da uomini e predatori.

Avvicinarle è difficilissimo: appena si accorgono che ti avvicini a piedi o in macchina, si mettono subito all'erta e fuggono in ogni direzione, e scappano davvero, con alti balzi spettacolari simili agli animali degli antichi dipinti rupestri.

Mi piacevano gli eland e ne rispettavo la solitaria nobiltà, ma di tanto in tanto, in passato, Paolo tornava dalla caccia con uno di loro, e fu per via di queste grandi carcasse che mi trovavo sulla porta di casa che, sebbene riluttante, per necessità imparai – e in seguito insegnai a Simon – come tagliare i pezzi giusti, affinché non andassero sprecati e si potesse rendere giustizia a quella carne squisita e alle sue infinite possibilità gastronomiche.

Anni dopo, quando non c'era più nessuno che andasse a cacciare per procurarci il cibo, sarebbe stato Aidan a portarmi ogni tanto in dono l'enorme zampa posteriore di un eland, di solito uno dei più testardi razziatori che avevano l'abitudine di fare incursioni notturne nel suo prezioso giardino di aloe.

Ma la maggior parte delle volte era invece un leone a procurarci l'eland a Laikipia.

Stranamente per un animale così cauto, era proprio l'eland, seguito dal bufalo e, a buona distanza, dalla zebra, che i nostri ghiotti leoni – gli stessi probabilmente che preferivano i vitelli appena nati – sceglievano di attaccare.

Così, quando ci capitava di imbatterci in un animale appena ucciso, rubavamo allegramente uno dei lunghi pallidi filetti per poi lasciare il resto al simba.

A Laikipia, lungo i sentieri che percorrevamo in macchina, vedevo spesso degli strani uccelli correre velocissimi, con la testa rigida e il petto all'infuori, e di tanto in tanto esplodere in brevi voli palpitanti.

Erano i francolini.

I francolini sono uccelli piccoli, della taglia di un pollastrello e con le gambe corte. La varietà più grossa è conosciuta come "collo giallo", per il colore brillante del largo collare di piume. Si avventuravano spesso nel mio giardino e raspavano il suolo con le zampe per trovare insetti nell'erba corta e bruciata di marzo che cresceva vicino al recinto, troppo lontana per innaffiarla. I miei cani li guardavano con occhi stretti e orecchie all'erta, tesi ma tolleranti, controllando ogni movimento di quei colli chini laboriosamente a beccare un pasto.

Era come se esistesse una barriera – invisibile per me – un confine oltre il quale il mio territorio, o piuttosto quello dei miei cani, sarebbe stato selvaggiamente protetto. Quando gli uccelli, senza saperlo, la attraversavano, i cani si alzavano tutti insieme e si gettavano verso di loro, con ululati di guerra, abbaiando furiosamente.

Starnazzando offesi, i francolini se la davano a gambe, mentre una penna o due rimaneva a fluttuare nel mezzogiorno immobile e cadeva lievemente al suolo.

Le loro cugine erano le faraone.

C'è un momento di pausa in Africa, alcuni minuti di silenzio durante i quali la natura sembra raccogliersi e prepararsi a un cambiamento, in cui uno stadio è sospeso e un altro interviene e ai rumori del giorno succedono quelli della notte.

L'ultima delle voci diurne è il grido delle faraone, quando lo stormo si va ad appollaiare sul ramo di un albero, fuori dalla portata degli sciacalli.

Le faraone sono bellissime creature, con il corpo punteggiato di bianco, la pancia grigia e la piccola testa egiziana ricoperta da una specie di elmetto, con una sfumatura di blu come le acconciature turkana.

C'erano sere, dopo l'inizio delle piogge, in cui i sentieri sembravano riempirsi di lepri. Scattavano davanti alla macchina, accecate dai fari, zigzagando velocissime a balzi folli, e io allora rallentavo e spegnevo le luci per permettere loro di ritrovare la direzione nel buio.

Dove si nascondessero durante il giorno era un mistero, come lo era per la maggioranza degli animali: nel calore di mezzogiorno la savana ricoperta di *lelechwa* era immobile e grigio argento, deserti i sentieri di *murram* rosso e granuloso e soltanto escrementi di ogni specie e forma, orme di ogni tipo di creatura impresse nel terreno indurito, rivelavano la presenza di vita.

Ma di sera apparivano all'improvviso gli sciacalli dalla schiena argentea, attraversando le radure con il loro trotto obliquo; le graziosissime volpi-dalle-orecchie-di-pipistrello con le code folte dalla punta nera saltavano all'inseguimento delle termiti volanti; e talvolta il bizzarro formichiere senza pelo, maestro di buche, o una lince caracal, enigmatica come un bassorilievo egizio, o una genetta a strisce o un gatto selvatico dagli occhi gialli.

I più comuni erano comunque i dik dik, delicate piccolissime gazzelle, sempre in coppia, i cui enormi occhi fosforescenti li tradivano immediatamente, mentre spiavano da sotto i cespugli notturni, e le piccole e veloci lepri dalle lunghe orecchie.

Le rane arboree cantavano con voci liquide un canto d'acqua, e i gufi-aquila dalle palpebre spesse sbattevano le ali pesanti, volando lentamente da un ramo all'altro per vedere meglio le prede.

Emanuele usciva col suo fucile e con una torcia a caccia di lepri sulla pista sotto la *menanda* e tornava ore dopo a regalarmi il suo bottino, che sarebbe stato trasformato da lì a qualche giorno in uno speziato salmì al vino rosso.

A Ol ari Nyiro allevavamo anche vacche di razza borana, discendenti dagli zebù, che portavano sulla schiena una gobba con una riserva di grasso che lentamente rilasciava nutrimento nel loro organismo e permetteva loro di sopravvivere durante i lunghi mesi della siccità. Producevano tantissimo latte: era un latte fresco e ricco, leggermente aromatico, con un profumo estivo di fiori selvatici e di erbe, eccellente.

Lo portava a Kuti ogni mattina un garzone a cavallo e spesso la crema densa si trasformava in burro se il cavaliere era costretto a mettersi a galoppare per evitare un branco di elefanti che attraversavano la strada.

Amo molto la mozzarella, che in origine si faceva con il latte delle bufale di palude che vivevano brade negli acquitrini della Maremma toscana e a sud di Roma, nell'Agro Pontino, prima che queste zone selvagge venissero bonificate e la zanzara portatrice di malaria fosse sterminata da insetticidi primitivi e micidiali, certamente molto più nocivi alla gente e all'ambiente, a lungo andare, della malattia stessa.

Carletto Ancilotto – un vecchio amico che in Italia era stato mio vicino e che qui, strana coincidenza, era proprietario di un vasto ranch chiamato Colcheccio a solo pochi chilometri da Ol ari Nyiro – aveva introdotto con successo un branco di questi bufali nella sua tenuta di Valle Averto dove scorrazzavano liberi. Spesso, andando a cena da lui in macchina, ci imbattevamo stupefatti in enormi forme nere che attraversavano il sentiero pochi metri davanti a noi.

Il latte ricco delle vacche borana mi ricordava molto quello di queste bufale, e cercai più volte senza successo di riprodurre quel formaggio fresco, così unico e speciale quando è preparato con basilico, olio d'oliva e pomodori maturi.

Non ci riuscivo mai. Il caglio che mettevo nel latte riscaldato lo faceva coagulare senza fallo in una massa gommosa e granulosa, finché... Era notte a Kuti e Paolo, che si alzava sempre prima del sorgere del sole, era profondamente addormentato. Scivolai in cucina dove il latte del giorno prima, conservato nella dispensa esterna, stava cominciando appena a inacidire. Gli dei del buon cibo dovevano aver decretato quel momento magico che, come per tutte le cose della vita, crea la piccola differenza tra il fallimento e il successo, e sapevo che sarebbe stata la notte giusta.

Sul fornello caldo il latte si separò in una massa di filamenti soffici, che arrotolai lentamente intorno a un cucchiaio di legno ricavato da un vecchio tronco di *mutamayo* fino a ottenere una specie di gomitolo.

Lo lavorai con le mani in una forma ovale e lo tuffai velocemente in acqua fredda salata: aveva l'aspetto, la consistenza e, come presto scoprii, il sapore della migliore ovolina di bufala.

Paolo si svegliò, sbalordito, con una mozzarella premuta sotto il naso, per i miei ululati di trionfo: e da allora in poi questa certamente non ortodossa ma accettabilissima mozzarella entrò a far parte della nostra cucina e di una serie di piatti diversi, con nostra grande delizia.

Carletto veniva spesso a trovarci e mi dava consigli su qualsiasi cosa riguardasse l'orto e la cucina.

«Se vuoi che producano frutta e che la frutta abbia un buon sapore, devi ficcare dei pezzi di ferro alla base del tronco, anche dei chiodi vanno benissimo» disse Carletto osservando i miei quattro alberi di avocado con occhio critico. «Inchiodali sulla corteccia; vedrai che farà loro bene.» Non ne ero troppo sicura, e del resto mi sembrava che non ce ne fosse bisogno.

Gli avocado crescevano velocissimi da semi spaccati nel mezzo, dove un germoglio vigoroso sarebbe sbocciato. In pochissimo tempo raggiungevano l'altezza di qualche decina di centimetri, e in tre o quattro anni – se mi ricordavo davvero di spargere chiodi e ferraglia alla base – i primi frutti sarebbero stati pronti. A forma di pera, la scorza dura e verde cupo, avevano una polpa cremosa e un sapore delicato di mandorle e panna, e si potevano utilizzare in piatti sia dolci che salati, dall'insalata ai dessert.

I miei cani andavano matti per gli avocado e così i gatti, che a Ol ari Nyiro vivevano una vita arborea sui rami più alti o sulla cima dei tetti, fuori della portata dei pastori tedeschi, pazienti e affettuosi con me, ma totalmente intolleranti e gelosi di ogni altro animale.

Nel corso degli anni, con l'aumentare dei cani, i nostri gatti divennero selvatici e impossibili da addomesticare.

Presto non potemmo dar loro dei nomi e si accovacciavano soffiando come leopardi quando i cani li sorprendevano mentre prendevano il sole sulla cima del forno da pizza del cortile di cucina.

Si accoppiavano, lo sapevamo, con i gatti selvatici dal pelo grigio che vivevano nella boscaglia, begli animali, dagli occhi gialli e dalle code corte e scure.

Si accoppiavano e partorivano sotto i tetti, riempiendo le notti di luna di miagolii incessanti, si arrampicavano sui soffitti e sui rami, o si calavano talvolta sopra i frigoriferi, e spesso solo i segni delle unghie e dei denti aguzzi nella polpa verde di un avocado provavano che un gatto aveva attraversato il tavolo della cucina mentre i cani dormivano.

Nella vicina Colcheccio, Carletto aveva creato un orto che sembrava un fortino.

Colcheccio era assai più arido di Ol ari Nyiro. Animali di ogni tipo, e soprattutto elefanti e giraffe, erano irresistibilmente attratti da quello spiazzo pieno di verdure che sorgeva nel mezzo di chilometri e chilometri di nuda savana, circondato da un formidabile doppio muro di pietre a secco, costruito come si faceva per proteggere gli uliveti in Puglia duemila anni fa. Nel terreno sabbioso, se c'erano abbastanza acqua e concime, tutto cresceva rigogliosissimo, e specialmente le verdure mediterranee che sono la gioia e il pezzo forte della cucina italiana estiva: peperoni, melanzane e pomodori.

I suoi pomodori erano l'invidia di tutti.

Erano di due varietà principali: Costoluto Emiliano e Cuore di bue.

Raggiungevano dimensioni davvero impressionanti e mentre i primi, larghi, con la forma di una lustra zucca rossa a grandi coste, diventavano grossi quasi come una di loro, i secondi sembravano proprio il pulsante cuore del bue da cui prendevano il nome.

Erano mostruosi, ma assolutamente squisiti.

Carletto era una reliquia d'altri tempi, un gentiluomo di immensa generosità e la cui ospitalità era leggendaria; aveva il coraggio di vivere come voleva, e mangiare e bere erano cose molto importanti per lui.

Quando si trattava di cibo, il cuore di Carletto si scioglieva facilmente, e non avevo avuto bisogno di pregarlo troppo per farmi dare alcuni pomodori interi da portare a casa per seccarli, ricatturarne i semi nascosti e seminarli a mia volta.

I pomodori però hanno bisogno di un sacco di attenzioni.

Da un giorno all'altro, nel caldo clima africano, ai lati dello stelo principale spuntano miriadi di germogli che vanno rimossi subito; le mosche bianche, dannosissime, li amano e non bisogna mai innaffiarli dall'alto altrimenti le foglie marciscono.

Il terreno di Kuti era ben diverso da quello di Colchecchio, e le notti più fredde.

Facevo la guardia a quei pomodori come se fossero bambini, piantando tutto intorno coriandolo e tagete per distrarre gli afidi e le mosche bianche e spargendo cenere alla base delle piante per impedire agli insetti di arrampicarsi sugli steli.

Essendo degli ibridi, alcune piante regredirono a piccolissime e contorte versioni dei loro genitori, producendo frutti grandi come ciliegie, ma altre, grazie alla incessante ed entusiasta opera di impollinamento di miriadi di insetti, evitarono miracolosamente questa sorte, e i miei pomodori divennero una gloriosa e inimitabile mistura delle due varietà. Un pomodoro di mezzo chilo era normale, e piatti a base di pomodori giganti dal sapore celestiale, salse e conserve uscivano con grande eleganza dal magico pennello di Simon.

A differenza di quello di Carletto, il mio orto a quel tempo era ancora protetto soltanto da una rete metallica, niente affatto solida. Oltre a una vasta scelta di pascoli naturali, a Ol ari Nyiro gli elefanti avevano perciò scoperto le guave, le banane e le zucchine.

C'era in particolare un elefante, un grosso maschio che ora avrà forse cinquant'anni, con zanne lunghe e ricurve e una luce avida nei piccoli occhi, che imparai a conoscere bene, e al quale finii anche per dare un nome, Njoroge. Quando andammo a vivere a Ol ari Nyiro era un giovane e spavaldo elefante di vent'anni, e amava nascondersi nel folto di acacie vicino alla mia casa, che era il suo territorio da molto più tempo di quanto non fosse il mio.

Accettai i suoi diritti di priorità territoriale ma, pur provando rispetto e affetto per Njoroge, cercavo naturalmente di fare di tutto per essere più furba di lui.

Lo incontravo all'imbrunire già alla *menanda* di Kuti, qualche volta con la sua famiglia o con un gruppo di compagni, mentre si faceva scorpacciate di spinaci selvatici o di pelargonio, un tipo d'erba che cresceva abbondante dopo le piogge nel ricco terreno concimato. Falciava l'erba al livello delle radici, con un movimento rapido e bilanciato del piede, e la afferrava abilmente con la proboscide con un unico gesto, portandola alla bocca, per ricominciare poi subito tutto il procedimento da capo.

Non mi stancavo mai di osservare gli elefanti mangiare e vivere la loro pacifica, quieta esistenza. Eppure di notte, soprattutto durante la stagione secca prima delle piogge, queste tranquille creature si trasformavano in astutissimi ladri. In totale silenzio, traditi a volte soltanto da un soffice brontolio del loro enorme stomaco, sfondavano il recinto, per avvicinarsi alle palme, alla dracena e alle acacie del giardino, oppure alle banane, alle guave e alle zucchine dell'orto.

Era una battaglia che non potevo vincere.

Imparai col tempo che l'unico rimedio per scoraggiare gli elefanti consisteva nel concimare le zucchine con un'abbondante dose dei loro stessi escrementi spruzzandole poi di una mistura di concime, e del più forte peperoncino che potessi trovare disciolto in acqua.

Ma quando si trattava delle banane non c'era proprio niente da fare. Che le banane, con le loro lunghe foglie succose, riuscissero a sopravvivere nel mio orto era già un miracolo, con tutti quegli elefanti che si aggiravano intorno a Kuti di notte. Se l'elettricità nel nostro recinto veniva a mancare per un motivo o per l'altro – un corto circuito causato da un dik dik o un ramo caduto – gli elefanti facevano incursione nell'orto, dirigendosi immediatamente verso due specie in particolare: le zucchine e le banane, di cui pelavano via una foglia dopo l'altra con abbandono, lasciando, con mio gran dispetto, solo escrementi fumanti e fibra masticata.

Bisognava ricominciare tutto da capo, con l'unica consolazione che con acqua e cure tutto ricresce in fretta, qui in Africa.

IX
MICHAEL

> Do not think what your country can do for you, but what you can do for your country.*
>
> J.F. KENNEDY

Dapprima il mattino era silenzioso.

Poi, mentre il sole nascente tingeva l'est di corallo, gli uccelli esplosero in un coro che invase il giardino.

Mi svegliai con questo pulsante canto di vita, lo stesso di ogni mattino, senza alcun pensiero conscio, ma con un senso di malessere perché sapevo che oggi era un giorno diverso, e che le ore che mi aspettavano e domani e tutti i giorni a venire fino alla fine della mia vita avrebbero tutti avuto questo vuoto, il disperato desiderio che tutto fosse solo un incubo e che Emanuele fosse ancora vivo e felice e con me.

Da ora in poi, anche quando non ci pensavo, questo vuoto l'avrei portato dentro di me: la sensazione di un germoglio vitale, di un ramo del mio essere e della mia vita amputato improvvisamente, la morte di ogni speranza di allegria, di amicizia e di orgoglio.

La sensazione di un viso, di un sorriso, di una voce che stavano già svanendo, indietreggiando verso il soffice, nebuloso paese delle memorie, senza che io potessi fare niente per trattenerli.

* Non pensare a cosa può fare per te il tuo paese, ma a quello che puoi fare tu per il tuo paese.

All'estremità del mio giardino, nel luogo in cui i fiori del suo funerale stavano ancora appassendo e il fuoco di ieri notte era ancora caldo, sulla tomba di Emanuele, c'era il bicchiere di vino mezzo vuoto di un ultimo brindisi.

Sulla tomba fresca di Emanuele un piccolo albero della febbre gialla tremava nella brezza della prima mattina.

Era il giorno dopo quello in cui avevamo liberato tutti i suoi serpenti; due giorni dopo il suo funerale.

Era morto. L'avevamo sepolto. Avevamo liberato i suoi serpenti. Ora, oggi, cosa restava da fare?

Il primo giorno di una vita senza di lui doveva essere un simbolo della speranza e dell'attitudine positiva che volevo infondere nei giorni a venire.

Sapevo dove trovare la chiave.

Mi vestii e andai alla sua stanza.

Era una piccola stanza spartana, non elegante.

Era adatta per un ragazzino, ma non più ormai per il giovane che era diventato: un letto a castello, una piccola scrivania, una mensola di cedro rosso zeppa di libri, una sedia, un armadio dominato da un pannello con molte pelli di serpenti inchiodate... niente di speciale, nessuno stile particolare. Avrei dovuto cambiarla, ridecorarla, migliorarla; possibilmente costruirgliene un'altra nuova e più grande.

Ora non ci sarebbe più stata la possibilità di farlo.

Non mi aveva mai domandato niente.

Le pelli di serpente erano in fila; quella della grande vipera soffiante era stesa su una tavola sottile di compensato.

Le sue pinze da serpenti erano in ordine, appese a lato degli scaffali.

Nel mezzo della scrivania, il suo diario blu.

In quel quaderno ogni giorno aveva annotato ciò che avveniva nella sua e nella nostra vita: la gente che andava e veniva, gli animali che vedeva, gli incidenti di ogni giorno in un'oasi africana dove i numerosissimi animali selvatici erano dati per scontati e i serpenti si trovavano nei fossi, nel cavo degli alberi caduti, o nel passaggio tra la cucina e la sala da pranzo, e dove era normale per i cani abbaiare ai leoni e per i bufali venire a pascolare sul nostro prato.

Qui, solo ieri, io stessa avevo scritto:

"Oggi abbiamo liberato tutti i serpenti di Emanuele."

E oggi, il 15 aprile 1983, era il primo giorno di una vita senza di lui a cui dovevo dare un senso.

Sveva era piccola e fragile e andava protetta e aiutata a crescere. Aiutata a imparare che la vita custodisce segreti, dolori e grandi gioie, e che bisogna prendere tutto come viene, anche questo, che è necessario affrontare il "qui e ora", inghiottire, guardare avanti e cercare di fare del nostro meglio. Cercare di dare importanza al fatto che siamo vivi e che abbiamo imparato un'altra lezione.

Questa non era la fine di tutto.

Era l'inizio di un nuovo stadio.

La vita aveva appena girato un'altra pagina. Non aveva senso commiserarsi.

Gli amici camminano con noi dal momento in cui nasciamo, dividendo una parte della strada; alcuni continuano per un lungo tratto, altri se ne vanno prima... lasciamo vecchi amici e incontriamo gente nuova lungo la via. Alcuni sono più importanti di altri. Alcuni ci feriscono e altri ci fanno sentire al settimo cielo. Alcuni riescono a toccarci nell'intimo.

Non ci possiamo attaccare alle persone, ma dobbiamo amare la vita fin che dura e contribuire al mondo che abbiamo trovato, così che sia un po' migliore quando sarà la nostra volta di andarcene.

Dentro di me, per quanto doloroso fosse saperlo, ero consapevole di tutto ciò e sapevo che queste non erano solo parole. Sapevo di avere un potere sulle mie scelte e sulle mie decisioni, e che la mia speranza era in questa verità. Sapevo che nel dolore c'era la visione.

Qualsiasi cosa mi aspettasse, dovevo fare in modo che si tingesse della risoluzione di dare un senso alla mia perdita, per trasformarla in un dono all'Africa e a noi tutti.

Così che lo spreco di una vita divenisse l'inizio di molte benedizioni, nessuna delle quali sarebbe esistita se questa vita non si fosse sviluppata e non fosse finita come era finita. Sapevo di avere il potere di farlo, e che dipendeva soltanto da me.

Aveva scritto il suo diario ogni giorno. Le sue mani avevano toccato quella copertina blu. Lui stesso aveva scritto un ultimo paragrafo, e aveva richiuso il quaderno, lasciandolo in ordine su quel tavolo un'ultima volta.

La sua ombra si librava, la sua presenza pervadeva, affettuosa e potente, quella piccola stanza, e la mia gola si chiudeva in un nodo di pena.

Sollevai gli occhi. I suoi libri in file ordinate; scatole, pelli, un pezzo di legno dove una mano di bambino aveva intagliato "Pep", il suo nome per me.

Il sole africano filtrava, giallo, vitale, attraverso le tende chiuse.

Dov'era? Mi stava guardando? Sapeva del mio dolore? Era triste per la mia pena?

Perché non poteva toccare la mia testa, lievemente, solo per farmi sapere che c'era ancora, una volta sola, solo un'ultima volta?

Inevitabili lacrime mi punsero le palpebre e rotolarono lungo le guance lasciando due tracce umide e calde.

Aprii il quaderno e fissai la pagina vuota. Lo sfogliai all'indietro fino alla prima, 1° gennaio 1983.

Vi scoprii un foglio piegato in quattro. Lo aprii.

Era indirizzato a Michael Mayeku Werikhe.

"Caro Michael" cominciava la lettera. Calligrafia ordinata, intelligente. "Mi piacerebbe molto mostrarti i miei serpenti e il tuo primo rinoceronte... fammi sapere quando puoi venire a Laikipia..."

Michael era stato una figura grigia e nera in una foto mal stampata sulla prima pagina dell'"East African Standard". Un giovane con gli occhiali, uno zaino, un ombrello aperto.

"Mr Michael Werikhe" diceva la didascalia "che ha appena camminato da Mombasa a Nairobi durante le vacanze, per attrarre l'attenzione sul destino del rinoceronte nero." O qualcosa del genere. Il comune amico che lo ospitava a Nairobi sapeva della passione di Emanuele, e Michael aveva telefonato a Emanuele quella sera stessa. Gli aveva confessato che la sua vera passione erano i serpenti: "... ma la gente non avrebbe capito se avessi camminato per aiutare i serpenti" aveva spiegato a Emanuele "così, siccome sono interessati ai rinoceronti, ne approfitto per parlare allo stesso tempo anche dei serpenti, e gli spiego che c'è un motivo per la loro esistenza. Una ragione naturale. Come per tutto il resto. Gli alberi. I rinoceronti. Noi".

Una persona fuori del comune.

Era così che Michael era entrato nelle nostre vite. Ma io non lo avevo ancora incontrato; ed Emanuele non ne aveva avuto il tempo.

La lettera non finita – l'ultima lettera di Emanuele? – era stata scritta per lui e dovevo fare in modo che la ricevesse. La piegai con cura, aggiungendo una nota da parte mia che spiegava ciò che era accaduto e lo invitava a venire a stare da noi comunque, perché questo era stato il desiderio di Emanuele.

La nostra corrispondenza diretta cominciò così. Circa un anno dopo lo incontrai personalmente, nella sala d'aspetto di Richard Leakey al Museo.

Un giovanotto dall'aria seria e studiosa, con occhiali spessi, dalla montatura pesante. Fu quando cominciò a parlare dei rinoceronti che il suo viso s'illuminò e mi colpirono la sua passione ed energia.

A Laikipia scelse di stare con la pattuglia di Faro One e di dividere la loro vita nella boscaglia. Veniva di tanto in tanto alla mia casa di Kuti, eccitato e affascinato dalle sue nuove esperienze. Aveva trovato un enorme pitone. Aveva incontrato branchi di elefanti. Aveva sentito i leoni e riconosciuto il verso dei leopardi di notte.

Il terzo giorno che era lì, vide il primo rinoceronte della sua vita. Un maschio poderoso con un corno spesso e lunghissimo curvato all'insù. Lo chiamammo Michael, in suo onore.

Di tanto in tanto ritornava a casa mia per una doccia, per cambiarsi, per un pasto caldo. Era in paradiso.

Un giorno si offrì di cucinare per me un piatto a base di *matoke** e di arachidi che trovai delizioso. Era una specie di stufato vegetale con le noccioline, fritte e mescolate con cipollotti freschi, pomodoro e aglio, profumate di cardamomo e servite con una purea speziata di *matoke* cotte al vapore, un ricordo della sua infanzia in Uganda.

Quando partì, trovai una lettera:

La serenità dell'ambiente mi ha lasciato in estasi... ho deciso di dedicare la mia vita agli animali in pericolo del mio paese... se Emanuele non era qui di persona, lo era in spirito... nel corso della propria vita ognuno deve avere un eroe... be', lui è il mio.

Poco dopo venne a trovarmi a Nairobi. Aveva fatto fare un trofeo in memoria di Emanuele che doveva andare allo studente keniota che avesse scritto il miglior tema sui serpenti.

Michael aveva camminato per un animale che non aveva mai visto. Aveva dato un premio alla memoria di un ragazzo che non aveva mai incontrato.

Passarono alcuni anni e un giorno mi chiamò, dicendo che aveva deciso di fare un'altra marcia, questa volta attraverso l'Africa orientale. Gli regalai una piccola tenda portatile da mettere nello zaino. Mentre camminava portava due piccoli pitoni attorno al collo per far capire alla gente che ogni creatura ha un motivo per esistere.

Durante questo viaggio spesso mi chiamava da posti remotissimi. Era felice di usare la tenda soprattutto per la-

* Banane verdi.

sciarvi liberi i serpenti, in modo che potessero sgranchirsi senza scappare.

A quelli che si univano a lui per una parte del tragitto, parlava di rettili. C'era in lui qualcosa di eccezionale, una combinazione di san Francesco – il santo che camminava, che parlava agli uccelli del cielo e alle creature della terra – e di un monaco insegnante. Aveva un'aura e un'energia contagiosa. Una grande semplicità. Un'integrità di intenzioni.

Alcuni anni dopo decise di camminare per i rinoceronti attraverso l'Europa. Partì da Assisi, come gli avevo suggerito. Gli italiani riconobbero il romanticismo eccentrico ed esotico della sua crociata: un giovane africano che marciava per aiutare i rinoceronti... Lo adottarono, camminarono con lui cantando, offrendogli salame e pasta, un fiasco di Chianti. Belle ragazze lo prendevano per mano e i ragazzi lo incitavano: amò ogni secondo e riuscì quasi a metter su peso.

Quando sentii che un pilota olandese gli avrebbe dato un passaggio in aereo dal continente all'Inghilterra, interruppi la mia vacanza e, dal Colorado, dove stavo passando qualche settimana con Sveva, volai per incontrarlo a Ipswich, il luogo dove sarebbe atterrato.

I suoi occhi si illuminarono quando vide Sveva – che lui chiamava "raggio di sole" – corrergli incontro con un mazzo di fiori gialli.

Nel corso degli anni Michael contribuì più di ogni altro all'immagine del Kenya e a dare credibilità agli sforzi del paese per la protezione dei suoi animali selvatici.

Portò la protezione della natura all'uomo della strada.

La gente sentiva un'affinità con lui, ne era fiera, perché era uno di loro. Se importava a Michael, valeva la pena di pensarci. In un periodo in cui molti africani ammazzavano i loro rinoceronti per denaro, eccone uno che da solo, cominciando da zero, senza amicizie, senza nessuna organizzazione che lo aiutasse, camminava – era tutto ciò che aveva, le sue gambe e il suo sogno – per salvare i rinoceronti neri in via di estinzione.

La passione per l'ambiente e la determinazione nel proteggerlo erano il comune denominatore della nostra amicizia.

Michael divenne una figura importante nella nostra vita: nel senso africano della parola, faceva parte della nostra "famiglia estesa". Aveva visto Sveva crescere, e io l'avevo visto diventare una celebrità internazionale. Il suo matrimonio con Hellen, la nascita delle sue bambine.

Ricordo quando nacque la sua prima figlia.

"La chiamerò Acacia" la voce felice di Michael al telefono "in onore dell'albero sulla tomba di Emanuele."

Quando Filippo di Edimburgo, patrono del WWF, venne in Kenya a consegnare i premi per la protezione dei rinoceronti dopo la marcia di Michael, lui e io eravamo in piedi, uno vicino all'altra, e guardavamo Sveva, tutta elegante, con un mazzo di fiori in mano, che aspettava in cima a una scalinata nel parco nazionale di Nairobi.

«Cosa devo fare?» mi aveva chiesto Sveva quella mattina.

«Devi offrire i fiori al principe e fare un inchino sorridendo. Se ti chiede qualcosa, rispondigli senza paura e chiamalo sempre "sir" come il tuo preside.»

Il gruppetto di dignitari era arrivato in perfetto orario e stava scendendo dalla macchina. Il principe Filippo era il primo, vestito in modo sportivo con una sahariana color kaki e una cravatta morbida. Intorno a lui tutti gli altri indossavano completi blu: Hugh Lamprey del WWF, l'ambasciatore inglese, il ministro del Turismo, Muhoho, il capo dell'Ente per la protezione della fauna selvatica, Perez Olindo, e altre personalità keniote. Un giornalista con una macchina fotografica correva davanti a loro scattando foto.

Mi accorsi immediatamente dell'indecisione di Sveva: non sapeva chi, fra tutti quei personaggi distinti, fosse il principe e guardava ora uno ora l'altro, perplessa. Un po' preoccupata, ma anche divertita, richiamai l'attenzione di Michael.

«Non sa quale sia. Avevo dato per scontato che lo avrebbe riconosciuto, ma come può, ha sei anni...»

«Se la caverà» m'incoraggiò Michael, sicuro di sé come al solito. In quel momento vedemmo Sveva, un po' rossa in viso, offrire i suoi fiori con un veloce inchino.

Se l'era cavata.

Più tardi ci dissero che, rendendosi immediatamente conto della sua confusione, il principe aveva chiesto: «Per chi sono quei bei fiori?» e Sveva prontissima:

«Devo darli al principe, sir.»

«Allora devono essere per me.»

Di tanto in tanto Michael prendeva un *matatu** fino al villaggio più vicino e poi percorreva gli ultimi chilometri a piedi fino a Laikipia per partecipare ai rodei in memoria di Emanuele, o per parlare ai bambini del nostro centro per l'educazione ambientale.

La sincerità ispirata delle sue parole stimolava il pubblico, e c'era un enorme fascino nella sua piccola figura decisa che camminava lungo le vie del mondo, seguita da sostenitori entusiasti. Quando parlava di rinoceronti si animava e il suo viso si trasformava: la sua passione era travolgente e contagiosa.

Partecipò a parecchie operazioni con i rinoceronti di Laikipia, e fui fiera di chiedergli di far parte del consiglio di amministrazione della Gallmann Memorial Foundation.

Il giorno in cui venni a sapere che era ammalato, molto ammalato, lo chiamai immediatamente. La sua voce era debole e distante, ma riuscì a infondervi un grande entu-

* Taxi locale.

siasmo quando mi parlò brevemente di un trasferimento di rinoceronti nello Tsavo.

Chiamai anche il suo medico per chiedere informazioni. Sembrava esserci poca speranza: la cura era costosa e probabilmente era troppo tardi per iniziarla. Offrii il mio aiuto e decisi di andare a trovarlo la settimana seguente.

Un pomeriggio d'estate – la stagione delle piogge a Laikipia.

"Devo segnalare un rinoceronte maschio, un grosso rinoceronte maschio vicino al laghetto della scuola" disse una voce alla radio. Mi sembrò strano, un rinoceronte nel primo pomeriggio. I nostri rinoceronti di Laikipia sono notturni.

Lo sentii come un presagio, una strana premonizione, e pensai a Michael che stava così male.

Era il 9 agosto 1999 e stavo guidando verso casa di gran fretta: osservavo un branco di elefanti alla *dam* di Ngobithu quando era arrivato, attraverso la nostra radio interna, il messaggio urgente di chiamare in ufficio.

Qualche minuto dopo al telefono satellitare la segretaria disse a voce bassa:

«Hanno chiamato da Mombasa. Michael Werikhe è morto questa mattina.»

Nello stretto cortile la prima cosa era il canto.

Piccole figure sedevano all'ombra di una tenda di plastica a righe, in atteggiamenti addolorati, e intonavano inni cristiani mescolati a canzoni locali swahili. Uomini con tamburi, ragazze musulmane in veli da lutto bianchi stavano in piedi accanto a ragazzini in camicie immacolate.

Faceva caldo a Mombasa il giorno del suo funerale. L'aereo era pieno e l'impatto del sole all'aeroporto ci aveva stordito. Sveva, in una lunga gonna blu, si stringeva al mio braccio.

Avevo scritto un elogio funebre. Una piccola banda

africana suonava melodie lamentose e nel mezzo, lucente sui cavalletti di legno, era la bara.

Nella bara Michael appariva scarno, in pace, e senza gli occhiali, quasi senza età. Diversissimo dall'atletico e sano giovane che aveva marciato lungo le vie del mondo.

Partendo dalle rive dell'Oceano Indiano, questo ragazzo sconosciuto aveva dato vita, contro ogni probabilità, a qualcosa di estremamente importante, destinato a non estinguersi con la sua fine fisica.

Come tutti i veri leader, il cui esempio ispira generazioni di proseliti molto dopo la fine del loro viaggio attraverso la vita, Michael aveva lasciato una serie di tracce per noi, da seguire.

Sveva e io, un fazzoletto bianco intorno alla testa, gli demmo il nostro ultimo addio con il cuore piangente e gli occhi asciutti. Eravamo fortunate ad averlo conosciuto.

La semplicità più che spartana della sua casa ci aveva colpite. Un labirinto di corridoi e scale comuni e terrazze con panni stesi dove bambini con occhi spalancati ci guardavano in silenzio. Non c'era acqua corrente, le lampadine erano coperte di mosche, un odore di cipolle fritte e cardamomo pervadeva ogni cosa, e donne scalze in *kanga* coloratissimi, accovacciate sul pavimento della cucina, cuocevano robusti cibi speziati per il funerale su un braciere in equilibrio su tre pietre.

Le sue due bambine, Acacia e Kora, nei loro migliori vestiti bianchi inamidati con pizzi e scarpe con il tacco alto, erano sedute composte, tristi, silenziose.

Sveva con gli occhi rossi, la testa bionda sulla mia spalla, diceva: «Era come un santo. C'era una luce intorno a lui. Guarda come sorrideva da ogni fotografia. Perché è dovuto andarsene anche lui?».

Le strade di Mombasa che portavano al cimitero erano cosparse di rifiuti putrescenti. I rami pesanti dei manghi coperti di foglie e carichi di frutti arancione pendevano sulla strada melmosa, sfiorando il tetto del nostro taxi malandato, mentre l'autista evitava abilmente le pozzanghere profonde. Nell'aria c'era un odore pesante di frangipane, di frutta troppo matura, di vaniglia e noci tostate di *korosho*. Al lato della strada ragazzi magri in magliette colorate arrostivano pannocchie e spiedini di *kebab* su bracieri ricavati da bidoni di nafta tagliati a metà. Piccole donne, coperte da capo a piedi di lustri *buibui** neri, scivolavano tra la folla bilanciando fardelli e cesti sulle loro teste.

L'andirivieni quotidiano della vita affaccendata della costa dominava su tutto, e la processione di macchine e di dolenti che seguivano a piedi la bara era soltanto un'altra delle mille facce della vita di ogni giorno.

Un albero-delle-fiamme in piena fioritura aveva sparso petali rossi e carnosi sul terreno del cimitero, e uno finì nella fossa aperta, prima che terra e cemento la chiudessero.

Nel cielo di smalto blu, quando guardai in alto, vidi un gabbiano.

* Tradizionale abito nero delle donne musulmane.

X
LA COLLINA DELLA CAPRA PERDUTA

God moves in a mysterious way, his wonders to perform.*

WILLIAM COWPER, *Olney Hymns*

Quando Sveva, a diciotto anni, si fidanzò con Charles Hoffman, pensai che dovevo trovare un posto straordinario, a Ol ari Nyiro, dove celebrare il suo matrimonio.

Nata e allevata in Kenya, Sveva si sentiva ed era considerata da tutti una vera africana, e la notizia diffuse l'eccitazione tra tutti i nostri vicini.

«*Sisi nasikia arusi ya Makena nakaribia*» disse Selina, la figlia di Mama Langeta «*na sisi ta kuja kuimba kwa yeye*. Abbiamo sentito che il matrimonio di Quella che Sorride avverrà presto e verremo a cantare e a ballare per lei.»

Il matrimonio di Makena era un avvenimento molto importante, perché era considerata la figlia di un capo e tutti si aspettavano festeggiamenti adeguati con grandi pompe e cerimonie.

Il matrimonio, come la circoncisione, è un rito di passaggio importantissimo nella tradizione di tutte le tribù. Makena era figlia unica, e io ero vista come un "anziano saggio" o "Mama Mzee" ed ero rispettata nel circolo delle tribù vicine.

Per essere considerati *mzee* non è necessario avere un'età venerabile: basta avere avuto figli e avere raggiunto una certa posizione nella società locale.

Sapevo che si attribuiva grande *eshima* alla qualità e al-

* Dio si muove in modi misteriosi, a compiere le sue meraviglie.

la grandiosità dei rituali e volevo essere certa che quello che avrei organizzato fosse all'altezza delle loro aspettative.

La cosa più importante era trovare il posto giusto.

Doveva avere una vista straordinaria e dare la sensazione di trovarsi in una cattedrale costruita dalla mano della natura.

Con la jeep e a piedi esplorai ogni angolo del ranch e finalmente, nella parte sudovest di Ol ari Nyiro, trovai la collina di Kurmakini, che in masai significa "collina della capra perduta". Un nome curioso, dato chissà quanto tempo fa, e di cui mi sarebbe piaciuto scoprire l'origine: ma nessuno sembrava ricordarsela più.

Mi incamminai verso la sommità del colle arrampicandomi lungo un tortuoso sentiero creato dagli animali che andavano all'abbeverata e mi trovai sulla cima.

La vista familiare del lago Baringo con la sua isola centrale era incorniciata dalla profonda gola di Sambara, dove valli senza fine convergevano in una vellutata serie di dirupi, per poi tuffarsi tutte insieme nella valle del Grande Rift. Il lago Baringo era sul fondo e dietro, blu nella distanza, si ergeva la catena delle colline di Cherengani. Era un posto incredibile, da togliere il fiato, e la vista a 360 gradi abbracciava la lunga Mlima ya Kissu – una cresta stretta e sinuosa come un serpente che si infilava nella gola del Mukutan – e Kenya Impia, Mlima ya Kati Kati e le colline tondeggianti di Kutwa. C'era moltissimo spazio per le tende dove gli ospiti avrebbero dormito e una vasta radura, dove erigere le tende che sarebbero servite per il ricevimento; il punto della collina che si affacciava sulle valli sarebbe stata "la chiesa".

Era il posto ideale.

L'indomani vi portai Sveva, e i suoi occhi si accesero di gioia e di eccitazione. Avevo la sua completa approvazione.

Da quel momento cominciò un periodo di totale concentrazione e di preparativi per rendere memorabile il grande giorno della mia unica figlia.

Per prima cosa si doveva costruire una strada. Il nostro vecchio caterpillar, che aveva scavato la maggior parte delle nostre dighe e aperto centinaia di chilometri di nuove piste per oltre una generazione, salì i pendii ruggendo, come ringiovanito nello sforzo, spianando i cespugli in mezzo a nuvole di polvere rossa.

Poi dovevamo portare l'acqua.

Patrick Ali, un Turkana alto e di natura solare, in gamba e buon organizzatore e di cui mi fidavo totalmente, era il nostro assistente manager.

Nato a Ol ari Nyiro, ne conosceva ogni anfratto. Incaricò la squadra di suo fratello Nasike di posare i tubi e di collegarli alle sorgenti di Enghelesha.

Aspettavamo centinaia di ospiti. Sveva e Charlie avevano moltissimi amici sparsi in tutto il pianeta, e, poiché Ol ari Nyiro è lontanissimo da ogni città, quasi tutti sarebbero arrivati in aereo.

La pista di atterraggio di Kuti era lontana molti chilometri dalla zona prescelta, a oltre un'ora di macchina. Costruimmo perciò una nuova pista in un campo di erba-stella, un lungo tratto di pascolo pianeggiante non troppo lontano dalla foresta e vicino ai nostri vivai di alberi indigeni.

Rimaneva infine da scegliere il luogo per il ricevimento.

La cima delle colline è di solito ventosa. Un grande tendone sarebbe volato via come una vela. Costruii perciò una struttura vera e propria, a forma di grande tenda orientale, che avrei potuto usare in futuro per altre funzioni, e la riempii di tappeti e sculture, di lampade marocchine, di antichi vasi di ottone e di pelli ricamate di perle di vetro alla moda dei Pokot, come arazzi. Dominava una mistura dei colori africani preferiti da Sveva, sfumature luminose di corallo, giallo sole e rosso.

Misi tutta me stessa nella costruzione e nell'arredamento di questo grande ambiente, perché ogni minimo dettaglio doveva essere perfetto.

Ci vollero mesi.

Con l'avvicinarsi del gran giorno, le tende per gli ospiti vennero piantate in molte file lungo il fianco del colle, come per un torneo medievale.

Patrick – che aveva un occhio eccellente per scoprire le fantastiche creazioni della natura – trovò due maestosi tronchi curvi di ulivo selvatico nella foresta di Boromoko: trasportati ed eretti sulla cima della collina, e avviluppati da tralicci di gelsomino selvatico, segnarono l'ingresso della chiesa.

Arrivò la vigilia del matrimonio.

Le costruzioni erano pronte: ghirlande di migliaia di microscopiche luci erano state sistemate tra i cespugli, in attesa di essere accese per far brillare il buio come un altro firmamento. Fiori esotici rossi e gialli, gigli selvatici e nuvole di gelsomini erano sistemati in mazzi teatrali e le tavole erano preparate con tovaglie rosse e centinaia di candele.

I fuochi erano già accesi nelle tende adibite a cucina e il vestito da sposa con il suo strascico era appeso nella tenda dove Sveva si sarebbe nascosta per vestirsi e adornarsi per la cerimonia. La mia gente era orgogliosa delle uniformi nuove, rosso vivo con fusciacche gialle e fez.

Il coro di Muungano era già arrivato da Nairobi con un autobus affittato per l'occasione, e le donne pokot di Churo, guidate da Selina e da Esta, erano lì pronte a cantare e ballare; le damigelle e il paggetto di Sveva erano arrivati, i testimoni e i maestri di cerimonie, come si usa in Inghilterra, erano già atterrati. Perfino il reverendo Adam Ford, insegnante di Sveva alla scuola di St Paul a Londra e diventato nel corso degli anni un amico leale e fantastico, era arrivato dall'Europa apposta per celebrare la cerimonia. Le famiglie e molti amici erano già a Kuti.

Con Sveva e gli altri mi recai a Kurmakini per l'ultima prova. Anche se avevo previsto ogni dettaglio, ero ben conscia che non c'era niente che potessi fare – almeno così pensavo – per il tempo.

Ma non sembrava che ci fosse motivo di preoccuparsi; fino ad allora le giornate erano state serene e il sole brillava.

Settembre non è normalmente un mese piovoso. Ma di questi tempi, con gli abusi ambientali che vengono perpetrati contro la natura, niente è più prevedibile.

Nuvole minacciose cominciarono – ohimè – ad accumularsi nel primo pomeriggio, e poco dopo il nostro arrivo iniziò a piovere.

Il cielo era plumbeo, una nebbia freddissima si levava dalle valle; il lago Baringo divenne invisibile e un vento gelido cominciò a soffiare. Il fantastico paesaggio scomparì nella bruma. Le piccole damigelle battevano i denti, le donne pokot erano infagottate nelle loro coperte, il coro si rifiutava di uscire dal bus per timore di perdere la voce dal freddo. Solo Adam, col suo breviario, si aggirava calmo con un sorriso che ispirava fiducia, come sempre.

Mi immaginavo già mesi di meticolose preparazioni buttati al vento, la disperazione di Sveva, macchine impantanate, aerei che non potevano atterrare, gli ospiti che aspettavamo per l'indomani costretti a sedersi con i loro vestiti eleganti sulle sedie bagnate, i fiori spazzati via e i canti perduti nel vento che ululava... e le voci e la musica, e il vestito da sposa bianco e oro... era un pensiero intollerabile, e la cosa peggiore era sapere di non poterci fare niente.

Oppure no?

Nei momenti più drammatici, quando tutto sembra perduto, il mio spirito mi è sempre venuto in aiuto.

Che cosa potevo fare? Che cosa potevano fare i miei angeli custodi per aiutarmi? Quali incantesimi avrebbe potuto inventare la nonna se fosse stata lì? Le sue piccole croci avrebbero potuto qualcosa contro la furia degli elementi?

Ma questa era l'Africa, una terra dove la magia esiste ed è praticata ogni giorno.

Stringendomi addosso il lungo scialle di *kikoi** per difendermi dal vento, andai a cercare Cheptosai. Si era rifugiata con Selina e il gruppo delle donne più anziane all'interno del nostro camion.

La luce livida diffondeva un riflesso spettrale sulla sua faccia rugosa e senza tempo. Tra le pieghe della pelle, i suoi occhi vivaci mi scrutavano attentamente.

«*Karam nyaman, Cheptosai.* Cheptosai, ho bisogno del tuo aiuto.» Mi rivolsi a lei con rispetto.

Continuò a fissarmi impassibile.

«So bene che qui dove viviamo la pioggia è sempre benvenuta.»

Feci segno con la testa all'acqua che scorreva dappertutto.

«Sappiamo bene che la pioggia è una grande benedizione. Ma ci devono essere occasioni nella vostra vita – una cerimonia, una circoncisione – quando non la volete, magari solo per quel giorno. Aiutami. L'*arusi* di Makena domani non può essere rovinato. La sua *eshima* e la mia devono rimanere intatte.»

Non batté ciglio.

La supplicai.

«Ci deve essere qualche magia, qualche buon incantesimo che tu sai. Sei un'anziana. Sei saggia. Conosci le stregonerie. Ci dev'essere qualcosa... ti prego, insegnamelo.»

Il suo improvviso sorriso sdentato fu come una carezza che mi fece rivivere.

Annuì.

«*Ndio, iko.* Sì, c'è.»

E me lo disse.

La donna più anziana della *boma*, la matriarca – io in

* Drappo locale, pareo.

questo caso – doveva dormire sola nel luogo della cerimonia. Doveva svegliarsi prima del sorgere del sole e, non vista – questo era molto importante – doveva recarsi nel punto esatto in cui si sarebbe svolta la cerimonia.

Qui, prima che il rosa del sole nascente ravvivasse il grigiore della savana notturna, doveva pugnalare il suolo con una *panga* nuova e lasciarla lì, nascosta a tutti, fino a che la pioggia fosse stata di nuovo benvenuta. Solo allora avrebbe potuto rimuoverla.

L'abbracciai e non dissi niente a nessuno.

Tornammo a casa, non avendo potuto fare nessuna prova, e tutti in macchina tacevano, depressi, tranne Sveva che, con lo spirito indomito ereditato da Paolo, cercava di tirarci su il morale.

«Domani ci sarà il sole. Lo so. Ve lo prometto.» Speravo ardentemente che avesse ragione.

Dopo cena lasciai di nascosto Kuti, e i settanta ospiti che erano già arrivati per il matrimonio, e guidai nel buio della notte con accanto una *panga* nuova accuratamente avvolta nella mia coperta.

Elefanti attraversarono il sentiero davanti alla macchina alla grande diga, e poi dei bufali incrostati di fango ancora umido, e dopo circa due ore cominciai a salire il pendio che portava alla collina di Kurmakini.

Prima della cima, alla luce dei fari, vidi due strane creature lanciarsi attraverso la strada. Erano perfettamente bianche, quasi lucenti nel buio, sembravano grandi gazzelle pelose... sembravano capre preistoriche dalle gambe lunghe.

Di colpo capii la ragione del nome di quella collina... trattenni il respiro... le avevo viste... le capre perdute, le mitiche figure della leggenda esistevano.

Era, doveva essere, un buon presagio.

Ero arrivata. Il temporale si era trasformato in una pioggerella leggera. Nella tenda del matrimonio avevo messo un grande letto nel caso che Sveva avesse voluto riposarsi.

Dormii lì. O piuttosto trascorsi una notte agitata, pregando gli spiriti buoni della mia nonna e di tutti i potenti saggi dell'Africa di permettere alla magia di funzionare.

Prima che il sole si alzasse in un cielo di madreperla, scivolai fuori della tenda, facendo attenzione a che nemmeno uno sbalordito dik dik fosse testimone del mio incantesimo.

Stringendomi nel caftano, m'inginocchiai sotto un ciuffo di *mukignei* verde cupo e ripulii con la mano una piccola superficie di terreno rosso, liberandolo dalle foglie morte.

Con il cuore pieno di amore per la mia bambina, senza permettere a dubbi insidiosi di avvelenare la mia concentrazione, chiedendo perdono agli dei per quest'atto di violenza, levai alto il braccio e pugnalai la terra.

La lama penetrò profondamente nel suolo soffice.

«Paolo, Emanuele, nonna» invocai in silenzio. «Vi prego, aiutatemi.»

La luce era azzurra e corallo, l'aria immobile e tiepida. Le colline pallide si dipanavano fino al limite dell'orizzonte.

In uno scenario di favola, sullo sfondo grandioso di vallate inondate di sole, circondato dai suoi testimoni, Charles aspettava la sua sposa.

Le donne pokot cominciarono a cantare.

Era una sera perfetta.

I due enormi mazzi di *mukignei*, legati da un nastro rosso, furono scostati come una porta da Gatwele e Mwangi, risplendenti nelle loro divise, e io feci il mio ingresso con al braccio Sveva, una visione scintillante d'oro e miele.

Ali e Nyaga ci precedevano, sfiorando simbolicamente le stuoie intrecciate ai nostri piedi con rami cerimoniali. Sei damigelle e un paggetto seguivano, smaglianti nelle loro sete gialle, e tra loro c'erano le bambine di Michael Werikhe.

Il pubblico elegantissimo, commosso, si alzò e si girò verso di noi.

Nemmeno un alito di vento.

Strinsi la mano di Sveva. Il sole accese un riflesso di topazio sulla sua pelle perfetta e sui suoi lunghi capelli biondi. Era radiosa.

«*Malaika, nakupenda Malaika*... Angelo, io amo il mio angelo» cominciò a cantare il coro.

Il lago luccicava e il sole della sera brillava rosso cupo nel cielo senza nubi.

Mentre passavamo davanti a Cheptosai, fiera nella sua acconciatura di perle, i nostri sguardi s'incrociarono per un istante, ci fissammo e mi sembrò che mi strizzasse l'occhio.

La magia aveva funzionato.

XI
ALLA FINE, L'AFRICA

E gridò a gran voce: «Non devastate
né la Terra, né il mare, né le piante».

Apocalisse VII, 3

A Laikipia le iene si sentivano di più in certe notti di vento, quando i loro ululati sembravano fondersi con gli urli della brezza del nord e i cani abbaiavano furiosamente a ombre di invisibili animali: il leopardo della diga di Paolo, i bufali, le zebre e i sensibili eland che venivano a brucare lungo la pista di atterraggio e gli elefanti che si muovevano maestosi nel buio sotto le piante di euclea intorno al serbatoio di Kuti, tranquilli e senza preoccuparsi di noi.

E nelle sere di luglio, quando la pioggia cadeva tamburellando sul tetto e le rane cantavano un selvaggio canto di vita, io ascoltavo i leoni ruggire sulle colline lontane.

Pensavo spesso, nei primi tempi, che il privilegio di vivere in Africa avrei dovuto guadagnarmelo facendo qualcosa di originale e generoso, cosicché la mia presenza sugli altopiani di Laikipia potesse diventare un vantaggio per la terra e per i timidi animali bisognosi di protezione, una benedizione per i paesaggi magici e inesplorati, una fortuna per la gente.

Come raggiungere questo scopo era un enigma che mi teneva sveglia la notte: solo io potevo risolverlo, e sapevo bene quanto fosse importante.

Vivevo una vita straordinaria e volevo meritarmi questo straordinario privilegio.

Gli impala saltavano alti davanti alla mia macchina nelle pianure, i bufali alzavano le teste massicce annusando l'aria, i leoni – quando avevo la fortuna di scoprirne un branco a una curva della pista –, sdraiati nell'alta erba della savana, mi osservavano con antichi, gialli occhi calcolatori, i babbuini scappavano abbaiando con i piccoli aggrappati precariamente alla schiena delle madri, le antilopi d'acqua mi guardavano, impassibili e straordinariamente belle con il loro lungo pelo, mentre le gazzelle della foresta, timide e schive, con il manto bruno e vellutato, si tuffavano leggiadre dai pendii, e io portavo con gioia e timore il peso dell'immensa responsabilità di essere la protettrice della loro fragile esistenza.

Sapevo che nulla di tutto ciò sarebbe potuto esistere se avessi deciso che proteggere l'ambiente naturale di Ol ari Nyiro era oltre le mie forze e al di là dei miei mezzi.

Dopo la morte di Paolo e poi di Emanuele, il senso di responsabilità che avevo sempre provato e condiviso con loro sbocciò e si trasformò in una visione che mi fece rivivere, dandomi speranza e uno scopo.

Decisi che qualcosa di unico e di utile doveva nascere in loro memoria nel luogo che avevano amato di più. Fu così che fondai la Gallmann Memorial Foundation. E quando il Wilderness Education Centre – la scuola ambientale per bambini – fu costruito in memoria di Emanuele e poi The Institute for African Humanities and Biodiversity, e giovani di tutto il mondo vennero a far parte del sogno e a imparare a conoscere l'Africa, mentre i loro coetanei kenioti venivano da noi a riscoprire le loro radici, sentii che avevo raggiunto uno dei miei scopi principali: attraverso gli occhi, i cuori e i ricordi di questi giovani, Ol ari Nyiro sarebbe vissuto per sempre.

Se Emanuele non era più in grado di proteggerlo, altri vi sarebbero riusciti, questa nuova generazione che farà del nostro pianeta un posto migliore. Perché al di là di ogni altra cosa volevo che la sua vita non fosse sprecata e che un ponte d'amore raggiungesse, dopo il suo distacco dal mondo del conosciuto, un obiettivo per cui il sacrificio della sua perdita fosse degno di essere vissuto.

Passarono gli anni.

Il tanto anticipato e temuto millennio arrivò senza cambiamenti apparenti, senza drammi, quasi un'anticlimax rispetto a tutti i preparativi esagerati, le profezie di sciagure, le certezze di improvvise, grandi e vistose trasformazioni negli affari del mondo.

Naturalmente tutto era esattamente come prima, particolarmente in Africa.

In Kenya la vera tragedia fu la grande siccità della primavera e dell'estate del 2000 – la più grave a memoria d'uomo – che prosciugò la terra, spaccò il suolo e succhiò la poca umidità rimasta negli steli d'erba.

Perfino il mio bastone della pioggia non funzionava più: i piccoli coleotteri-mangiatori-di-legno lo avevano scoperto, e i semi nascosti all'interno, che producevano un irresistibile suono – come lo scroscio di un acquazzone tropicale – si erano dissolti in una polvere impalpabile, priva ormai di qualsiasi potere.

Anche a Ol ari Nyiro la grande siccità imperversò. L'albero – la mia sorella-albero – che cresceva sulla cima della collina di Mugongo ya Ngurue, la vecchia saggia acacia, si rinsecchì e morì.

Morì in piedi, con il massiccio tronco grigio scuro contorto da generazioni di soli e di pioggie, ma sui vecchi rami assetati, incrostati dalle foglie rinsecchite e calcificate di un'ultima improbabile fioritura, sulla pelle della vecchia morta matriarca, colonne sparse di formiche nere s'indaffaravano ancora, e la vita continuava.

Per me fu la fine di un'era; come lo spirare di un'amica amata e rispettata. L'avevo sempre considerata la protettrice, la guardiana di Ol ari Nyiro, e la sua fine mi sembrò un sinistro richiamo alla precarietà e alla temporaneità di tutto.

In un certo senso non avevo mai immaginato che la vecchia signora potesse morire, perché sembrava che fosse lì da sempre.

In qualche modo somigliava a Cheptosai, la matriarca

dei Pokot, che sfidava l'avanzare distruttore degli anni orgogliosa e dritta, magra come una cavalletta bruna e altrettanto agile e asciutta.

Di solito mi rendevo conto che la stagione secca era arrivata dall'aspetto del mio prato, che si stendeva dalla mia stanza fino alle tombe dietro alla piscina.

Quando l'acqua cominciò a scarseggiare, lasciai che la piscina divenisse una specie di stagno, uno scorcio di laguna, verdastra e piena di alghe – una gioia per le rane – e ne usavo l'acqua per annaffiare il prato.

Poi, un giorno, nel pieno della stagione più secca, l'acqua che proveniva dalla diga di Paolo d'un tratto smise di scorrere; dai nostri rubinetti usciva solo un suono ansante, e il mio giardiniere, Abraham Muiteria, con un'alzata di spalle e un sorriso gentile nella faccia simpatica si lamentò:

«*Ni ndofu: kwisha kata ferechi*. Sono gli elefanti, hanno tagliato i tubi.»

Gli elefanti tastavano i tubi con la proboscide e, annusando l'acqua, li sollevavano spaccandoli per bere, interrompendo così il nostro rifornimento. Dopo poco anche l'acqua della diga si esaurì completamente, lasciando sul fondo una melma densa e bruna dal colore e dall'aspetto di cioccolata fusa che si asciugava nei tubi e diventava dura come creta, e Abraham Muiteria si lamentava ancora:

«*Hakuna magi, na kauka kwa pipe*. Non c'è acqua, si è seccata nei tubi.»

L'erba ingiallì ovunque, praticamente davanti ai nostri occhi. Gli steli si seccavano e morivano, pronti a fare da esca al fuoco o a rispuntare ancora verdi alla radice, come una ricrescita dei capelli naturali in un'acconciatura ossigenata. Muiteria andava in giro con una carriola, rifornendosi di acqua dalla piscina e svuotando secchi gocciolanti da una aiuola rinsecchita all'altra.

La siccità portò incendi e distruzione ovunque nella regione di Laikipia.

L'erba da noi era alta e secca, e sapevo che sarebbe bruciata immediatamente. Mi aspettavo il peggio e già da mesi avevo fatto aprire nuove strisce "tagliafuoco", ripulendo con i trattori le piste dalle erbe e lasciando solo le rocce, per creare delle interruzioni dove le fiamme, non trovando alimento, si sarebbero dovute fermare.

Bastavano le scintille di un falò o di un incauto raccoglitore di miele portate dal vento per provocare incendi interminabili, quasi impossibili da estinguere. In altre parti di Laikipia, e anche nella foresta delle Aberdares, il fuoco infuriava già da giorni, distruggendo vita e vegetazione. Sapevo che per noi era solo questione di tempo.

Aidan ci aiutava segnalando nuovi incendi nella zona con il suo aereo, e il personale di Ol ari Nyiro era all'erta ventiquattr'ore al giorno.

Una sera, mentre osservavo turbata un tramonto di un esagerato, sinistro color rosso sangue, la cui luce indugiava oltre la collina di Mugongo ya Ngurue, notai con un tuffo al cuore colonne di fumo che si sprigionavano dalla zona di Kutwa, e detti l'allarme.

Ci precipitammo sul posto. Plumbee nuvole di fuliggine con scintille arancioni si alzavano nel crepuscolo, fiamme vigorose devastavano i cespugli, mentre falchi e altri uccelli da preda le sorvolavano in cerchi per catturare gli insetti disturbati dall'incendio.

In seguito dovemmo accorrere almeno dieci volte nel corso di due mesi, nel cuore della notte, a battere con rami freschi le erbe che divampavano.

Si creava un particolare rapporto di *camaraderie* tra coloro che partecipavano a queste operazioni, come se il tentativo di salvare la boscaglia di Ol ari Nyiro e gli animali indifesi che vi abitavano ci unisse tutti in una crociata. Le facce sporche di fuliggine, gli occhi arrossati dalla cenere, dividevamo le borracce d'acqua prima di continuare la lotta contro il nemico comune.

Ogni giorno spiavo il cielo verso oriente, sperando di scoprirvi una nuvola, e cercavo sulle acacie Gerardie il segno di fioritura imminente che di solito anticipa l'arrivo delle piogge.

Ogni notte aspettavo sveglia, rigirandomi nel letto, il suono delle gocce di pioggia sul tetto e, guardando i vecchi pattini legati alla testata del letto con un nastro rosso – regalo di Paolo tanto tempo fa nell'ospedale di Berna dopo la mia prima operazione –, pensavo a quanto la mia simbolica marcia mi aveva portata lontano.

Se Paolo mi poteva vedere, sapevo che stava sorridendo.

Poi un mattino, nel più torrido e disperato periodo della siccità, notai gli uccelli tessitori indaffarati a strappare foglie di papiro dalla vasca dei pesci e seppi che la pioggia non era lontana. Quando i nidi, come fragili canestri, pendevano a grappoli dalle acacie della febbre gialla, custodendo le piccole uova azzurre che presto si sarebbero schiuse, la pioggia infine arrivò e la savana e la foresta furono salve ancora una volta.

Come è cominciata la degradazione dell'ambiente?

Mio Dio, la nostra scoperta di Ol ari Nyiro non è stata forse l'inizio di un viaggio senza ritorno? Un luogo così affascinante, così immenso eppure così fragile, minacciato da ogni lato da pressioni diverse!

La preziosa rarità della boscaglia intatta si è fatta più drammaticamente evidente con l'andare degli anni, mentre appena fuori dai nostri confini sempre più terra veniva suddivisa in piccoli appezzamenti.

E mentre l'orgoglioso, magico paesaggio africano moriva io capivo quanto ero stata privilegiata ad averlo conosciuto, a ricordarmi ancora il viaggio da Nyahururu come un progressivo avvicinarsi al cielo, ai tempi in cui dovevo fermare la macchina sulla pista di terra rossa per lasciare passare i branchi di eland, simili alle antilopi dimenticate di vive pitture rupestri.

Molto è cambiato ora che siedo sulla collina di Enghelesha e guardo gli offensivi tetti di lamiera che punteggiano il paesaggio preistorico delle brulle colline dove, non più di un quarto di secolo fa, i grandi *kudu** ancora regnavano.

Guardo verso sud dove c'era la tenuta di Colobus che Antonietta alla fine vendette, decretando così, senza volerlo, la distruzione della biodiversità di quel selvaggio e straordinario paesaggio, e al tempo stesso dandomi una lezione che non dimenticherò mai.

Ora la loro fattoria è stata suddivisa in centinaia di campicelli, tutti gli alberi di *mutaragwa* e di *mutamayo* sono stati da tempo ridotti a carbone.

Alberi della gomma e grevillee australiane che non appartengono a questo ecosistema – ignoti agli uccelli e agli insetti di questa parte dell'Africa – delimitano piccoli fazzoletti di terra piantati a patate e granturco, arati dove un tempo sentieri tortuosi si facevano strada timidamente nella foresta di cedri e di *podo*. Nulla è rimasto dell'antica, intatta natura africana.

La casa dei Buonajuti è diventata una scuola, del cui consiglio di amministrazione io faccio parte, Mwenje Secondary.

Eppure nel nome di Mwenje rimane la memoria del passato, del nomignolo kikuyu con cui la gente conosceva Giannetto Buonajuti: "Mwenje", il posto dell'uomo che si radeva i capelli.

A Ol ari Nyiro, invece, il tempo si è fermato. Nella foresta le scimmie di Colobus saltano ancora di ramo in ramo, i bufali attraversano la strada muggendo e gli elefanti, anche adesso mentre scrivo, stanno dando come sempre l'assedio al mio orto. Appena ieri notte un leone, attratto dall'odore di carne di cammello, ha cercato di entrare in

* Grandi antilopi piuttosto rare.

giardino e per riuscire a dormire ho dovuto mettere la testa sotto il cuscino perché il suo ansimare affamato faceva impazzire i miei cani.

La settimana scorsa mi hanno invitata a parlare in una scuola, Ol Arabel, a pochi chilometri dal nostro ingresso principale, prima del villaggio di Kinamba, sorto negli ultimi anni alla fine della strada asfaltata. Gli alunni sono venuti molte volte a Ol ari Nyiro, e hanno visto il loro primo elefante nel centro ambientale che ho istituito in memoria di Emanuele.

Appena sono uscita dalla macchina c'è stata un'ovazione e, prima di rendermi conto di che cosa stava succedendo, mi sono trovata quasi sollevata da cento donne in festa che cantavano, e ognuna portava in mano una fronda verde che agitava in segno di pace e di festa. C'erano persone vecchissime, curve e sdentate, appoggiate a un bastone, e altre molto giovani. La folla era immensa, ed era una folla di amici.

La scuola ha vinto per due anni consecutivi il primo premio della nostra campagna per la riforestazione e ora alberi ben curati crescono rigogliosi tutto intorno. Il maestro mi ha accompagnato orgoglioso al centro di uno spiazzo dove c'era scritto "Gallmann square" e ai lati c'erano due giovani acacie con un cartello ai piedi. Su uno era scritto "Paolo", sull'altro "Emanuele".

Alunni e alunne hanno danzato e cantato a turno, e il direttore della scuola e il capo del loro "wildlife club" hanno fatto dei discorsi e tutti applaudivano.

Le donne hanno danzato e cantato canti tradizionali che credevo dimenticati, e mi hanno circondata, facendomi ballare con loro.

Danzare con un gruppo di donne africane, libere nella musica e nel ritmo del loro canto tribale è tra le più speciali memorie della mia vita in Kenya.

Il canto delle donne pokot ti raggiunge prima che tu possa vederle, mimetizzate come sono nei loro indumenti rosso bruni, dello stesso colore della boscaglia da cui stanno emergendo. La maggior parte dei loro canti inizia con: "haa-heheee / haa-heheee" e c'è una vibrazione così possente nella cantilena della loro voce che l'aria stessa ne pare caricata, il suono ti colpisce e ti avvolge, naturale e fisicamente reale come il sole che ti scotta la pelle.

Tale è il potere della loro musica che io provo sempre un brivido di emozione al suo impatto, e gioia e orgoglio per la loro bravura, come se fosse la prima volta che le ascolto.

Sono felice circondata dai loro piccoli corpi agili, con collane che sobbalzano e treccine unte di grasso; le loro gonne di cuoio ondulano nella danza e le loro braccia si levano in un gesto di saluto con una sferzata veloce dei bracciali di pelo di coda di giraffa, e il loro odore di cenere e latte, di sudore e di grasso di capra – il loro odore di fumo – è l'aroma stesso dell'Africa, così come lo è il profumo di *lelechwa* al sole, il muschioso sentore d'erba dei bufali e degli elefanti, il profumo dei fiori di lemuria, della prima pioggia sulla polvere rossa, delle pannocchie arrostite sulle braci, o il sapore di mango maturo, e di papaia di montagna.

Le donne kikuyu che danzavano intorno a me a Ol Arabel, quel giorno, erano gloriosamente selvagge, e totalmente sincere nel fervore spontaneo dell'abbandono del loro canto, così che mi sono sentita profondamente onorata e commossa dall'espressione disinibita della loro dimostrazione di affetto.

Una vecchia si è avvicinata ballando e mi ha regalato una cintura di cuoio rosso, un'altra mi ha avvolto in una *shuka* uguale a quelle che indossavano loro, e una terza mi ha annodato intorno alla testa, alla moda kikuyu, la stringa che reggeva un *kiondo** nuovo, colmo di frutta, su cui avevano ricamato in rafia: "Kuki".

* Cesto tradizionale con un lungo manico di cuoio.

L'entusiasmo, l'ospitalità e il calore umano della loro semplice accoglienza mi fecero venire le lacrime agli occhi.

Nel mio discorso, in kiswahili, ho parlato di un tempo in cui il villaggio di Kinamba non esisteva; in cui la strada da Nyahururu a Ol ari Nyiro era di terra rossa e dovevo fermare la mia macchina molte volte per far passare i branchi di animali selvatici; di un tempo in cui credevamo che la natura intatta sarebbe rimasta per sempre com'era.

Ora i loro figli hanno visto i primi animali selvatici proprio a Ol ari Nyiro.

Poi un uomo anziano è uscito dalla folla ed è rimasto in piedi in mezzo a tutti. Con una voce fioca che trovò coraggio a mano a mano che parlava, disse in kiswahili guardandomi con gran rispetto:

«*Mama* Kuki: *uligiua bwana yako na kijana yako pia.* Conoscevo tuo marito, e anche tuo figlio. Sappiamo che tu hai sofferto grandi perdite, *pole sana,** ma sei rimasta. E noi tutti qui sappiamo bene che sei tu che hai deciso di aiutarci. E tutti i giorni noi preghiamo per te, perché, se non ci fossi tu a Ol ari Nyiro, anche la nostra vita non potrebbe andare avanti.» Sapevo che alludeva ai furti di bestiame delle tribù dedite alla pastorizia da cui noi li difendevamo.

Guardò la folla, fece una pausa e disse qualcosa di inaspettato, che mi fece serrare la gola dall'emozione.

«Vorrei chiedervi di alzarvi e di scoprirvi la testa e di stare in silenzio per due minuti in memoria di Emanuele, il figlio che questa *mama* ha perduto.»

Nel silenzio del pomeriggio non si sentiva volare una mosca. Per tutti loro, anche i bambini più piccoli che non erano ancora nati quando Emanuele era morto, Emanuele in quel momento era vivo e reale.

Era grazie al fatto che lui era vissuto che avevano passato giorni avventurosi a Ol ari Nyiro, che le loro classi

* Ci dispiace molto.

avevano libri e che studenti stranieri venivano a trovarli, in quel remoto angolo sugli altipiani, a portargli doni e il mondo.

I nomi di Paolo e di Emanuele – come è avvenuto per Mwenje – continuano a vivere qui, in questo angolo d'Africa, perché il loro passaggio è stato un evento importante, ha lasciato dei segni e prodotto dei risultati negli anni.

Ho capito che è così che nascono le leggende.

E la gente che verrà dopo di me si ricorderà di Nyawera, Kuki, Mama one come mi chiamano ora?

Vagherà ancora la mia ombra sulla cima dei colli e sulle valli come una sentinella invisibile, e si unirà la memoria della mia voce agli sbuffi e ai barriti, ai canti degli uccelli, ai canti dei bambini e al suono del vento dell'Africa che ho amato?

E diventerà il mio corpo un altro albero, cibo per le api, nido per i turachi, ombra per i miei nipoti ancora non nati?

La risposta è nel mio cuore più fondo, dove vivono i sogni più veri: la consapevolezza di una scelta fatta con totale certezza, guardando il mio futuro dritto negli occhi.

La notte ascolta, il silenzio è pieno di voci. I cani siedono insieme sul prato guardando il buio. Il fuoco brucia sotto le acacie gialle dipingendo riflessi sulle due pietre vicine. Gli elefanti sono entrati in giardino.

So che anch'io, un giorno, diventerò Africa.

Appendice
FRUTTI DELLA TERRA

Il cibo è importante perché può essere una gioia, ma anche perché dobbiamo onorare la nostra madre terra, consumando con rispetto ciò che ci offre e occupare così il nostro posto nella creazione. Dobbiamo, perciò, vivere con attenzione e curiosità, apprezzando ogni dono con gratitudine ed entusiasmo.

Spero che vi sia qualcosa di tutto ciò in questo libro.

Per dare alle storie che ho raccontato un sigillo di verità riproducibile, ho deciso di aggiungere alcune ricette che gli amici riconosceranno come i piatti favoriti della mia cucina di Kuti. È una combinazione di ricette che ho imparato durante la mia infanzia, chiamate con nomi di persone da tempo scomparse, o di luoghi o di avvenimenti. Alcune, visto che il mio cuoco Simon non sa né leggere né scrivere né parlare l'inglese, hanno nomi in kiswahili, modificati per aiutarlo a riconoscere un piatto speciale, che lui associa a un evento avvenuto nel giorno in cui lo cucinammo per la prima volta, o a qualcuno che l'aveva inventato o particolarmente amato.

È inclusa una lista di ingredienti che si usano in Occidente ed equivalgono a quelli reali, introvabili in Europa.

Un uovo è diverso in grandezza da un altro così come lo sono l'appetito e il numero degli ospiti. Non sono mai stata troppo brava a misurare e a pesare, e ho sempre usato il mio istinto e il buon senso quando decidevo le proporzioni tra i diversi ingredienti dei cibi che preparavo.

Le dosi sono perciò in gran parte lasciate al lettore, col presupposto che questo non è un libro di cucina, ma una storia di vita in Europa e in Africa, in cui i piaceri della tavola sono una parte importante.

Freschezza impeccabile e ingredienti di prima scelta sono essenziali ovunque, nel rituale della preparazione dei cibi, ma gusto, fantasia, *flair*, passione, *vibrancy* e soprattutto amore sono elementi importantissimi per rendere supremo anche il piatto più semplice.

Mangiamo tutti. Poiché è inevitabile, dovrebbe essere un rito, un'esperienza fantastica e sensuale, che ci permetta di onorare la vita e la natura in tutti i suoi più intimi aspetti.

Ma soprattutto dobbiamo ricordarci che prima di tutto mangiamo con gli occhi.

Risi e bisi alla veneta al sapore di nonna
Muchele ya kisima na harufu ya nona

Piselli di Kisima
Una cipolla bianca tritata
Un bicchiere di vino bianco secco
Brodo di pollo
Riso Arborio mondato
Una carota grattugiata
Parmigiano grattugiato
Burro
Prezzemolo
Olio di mais

Il mio amico Aidan ha avuto la grande fortuna di avere nipoti che, come lui, avevano il "tocco di Mida": riuscivano sempre a ricavare il massimo da ogni attività che intraprendevano, ogni cosa sembrava fiorire sotto le loro mani.

Per esempio c'era Kisima, una delle loro fattorie, così chiamata dal nome di una fresca sorgente di acqua potabile che vi sgorgava proprio nel mezzo: essa produceva lana Merino da vendere in Inghilterra, due raccolti di grano all'anno, fagioli e fiori per i mercati europei, croccanti fiocchi di avena e i piselli più deliziosi del mondo, una varietà con semi piccoli, verde chiaro e dolcissimi, dal sapore straordinariamente delicato e del tutto inimitabile.

Prima della comparsa delle delizie di Kisima, i piselli in Africa orientale se ne stavano rimpiattati nella corazza dei loro baccelli ed erano duri come pallini da fucile, a causa del clima troppo caldo, per cui erano praticamente immangiabili.

A Venezia i teneri piselli di maggio sono sempre stati usati in centinaia di modi: si può quindi immaginare la mia felicità quando fui in grado di aggiungere quelle particolari ricette alla mia cucina di Kuti.

I "piselli di Kisima" segnarono l'inizio di un grande cambiamento in meglio, aggiungendo varietà ai nostri menu, e divennero talmente popolari che Simon Itot, la cui padronanza dell'inglese era ridotta all'essenziale e il cui lessico culinario era modesto ma espressivo, cominciò a chiamare "kisima" tutti i piselli.

Passare metà dei piselli al passaverdure, mescolarli al brodo caldo e mettere da parte: il brodo servirà per cuocere il risotto. Volendo il passato può essere arricchito aggiungendovi i baccelli più teneri precedentemente bolliti. Far soffriggere la cipolla, la carota e il prezzemolo tritato nel burro unito a poco olio di mais finché le verdure non saranno appassite; aggiungere quindi un quarto dei piselli rimasti e il riso. Mescolare finché il riso non avrà assorbito tutto il condimento e comincerà a friggere. Aggiungere il vino e farlo evaporare. Unire il brodo caldo con i piselli un mestolo alla volta, badando bene a non far mai asciugare il riso. Lasciar cuocere per circa venti minuti oppure secondo il proprio gusto (mantenendo sempre però il riso piuttosto al dente). Aggiungere il resto dei piselli e condire generosamente con parmigiano grattugiato. Servire il risotto piuttosto morbido, all'onda, dopo averlo cosparso con un pizzico di prezzemolo fresco tritato. Decorare con foglie di prezzemolo.

SFORMATO DI PISELLI DELLA SORGENTE CON FUNGHI E FORMAGGIO

Cheese kupindua na kisima na mushroom

Salsa bianca (besciamella), densa e cremosa
Una tazza di parmigiano e una di groviera grattugiati
Un pizzico di noce moscata
Sei uova con gli albumi separati dai tuorli
Piselli di Kisima
Una cipolla bianca tritata
Prezzemolo
Brodo di pollo
Funghi affettati
Porcini secchi fatti rinvenire in acqua calda
Burro, farina
Prosciutto cotto tagliato a dadini
Sale e pepe

Mescolare alla besciamella calda i formaggi (tenere da parte un po' di parmigiano), i tuorli delle uova (uno alla volta) e la noce moscata; salare a piacere, completando con un pizzico di pepe nero macinato al momento.

Montare gli albumi a neve ferma con una punta di sale e unirli alla salsa mescolando molto delicatamente. Versare il tutto in uno stampo da ciambella, imburrato e infarinato; cuocere a bagnomaria per tre quarti d'ora, finché lo sformato non sarà solido e leggermente dorato.

Soffriggere la cipolla tritata in poco burro; farla appassire e condirla con il sale e metà del prezzemolo tritato. Aggiungere i piselli e brodo di pollo a sufficienza per portarli a cottura; per renderli teneri dovrebbero bastare otto minuti. All'ultimo momento aggiungere il prezzemolo rimasto e il prosciutto a dadini. Tenere da parte.

Soffriggere i funghi in poco burro e portarli a cottura con una piccola quantità di brodo. Rovesciare lo sformato in un piatto da portata rotondo e ben riscaldato; riempire il buco centrale con una parte dei piselli e contornare lo sformato col resto; versare i funghi attorno e sopra lo sformato e cospargerli con il parmigiano rimasto. Servire immediatamente.

RISOTTO CON I FUNGHI DELLE TERMITI
Muchele ya mboga ya mussua

Riso Arborio: una tazzina a persona più una tazza
Porcini secchi fatti rinvenire per un'ora in acqua calda, e funghi freschi tritati
Prezzemolo tritato e aglio
Burro e olio di oliva
Un buon brodo, meglio se di pollo. Si può fare anche con i dadi e una spruzzata di sherry
Vino bianco secco
Parmigiano grattugiato
Sale e pepe

Durante le vostre gite in macchina, raccogliete i funghi che crescono sui termitai dopo le piogge: è facile vederli perché sono bianchi e spiccano sulla terra rossa. In Europa potranno essere sostituiti con le cappelle delle mazze da tamburo.

Conservare l'acqua nella quale si sono fatti rinvenire i porcini. Mettere in una pentola burro e olio in quantità uguali, farvi soffrigere l'aglio e una parte del prezzemolo, quindi unire i porcini tritati e i funghi freschi e farli cuocere rapidamente. Toglierli dal fuoco e metterne da parte metà.

Rimettere sul fuoco la pentola e aggiungere il riso, mescolandolo finché non diventerà trasparente e avrà assorbito tutto il condimento. Aggiungere quindi il vino bianco e farlo evaporare mescolando continuamente. Ultimare la cottura del riso aggiungendo poco alla volta il brodo bollente e l'acqua dove sono rinvenuti i porcini; salare e pepare. Dopo diciotto-venti minuti il riso dovrebbe essere cotto pur rimanendo al dente. Aggiungervi i funghi precedentemente messi da parte e una spruzzatina di sherry e mescolare. Togliere dal fuoco, mantecare il risotto con una noce di burro e una tazza di parmigiano grattugiato, più il resto del prezzemolo tritato, mescolando energicamente ma con delicatezza. Prima di servire cospargere il risotto con dell'altro parmigiano misto a prezzemolo.

Funghi come bistecche
Mushroom ya Kuchoma

Larghe cappelle fresche di funghi delle termiti
Olio di oliva
Aglio: uno spicchio schiacciato per cappella
Prezzemolo tritato
Sale e pepe macinato al momento

Marinare i funghi. Si possono servire così oppure passati velocemente alla griglia con contorno di spicchi di limone.

Insalatona della vecchia nonna
Salad kwbua ya jojo mzee

Patate novelle
Cipolline novelle
Barbabietole rosse
Uova sode
Olio di oliva e aceto di vino
Sale e pepe

In una pentola con acqua fredda salata mettere le patate e portarle a bollore; unire quindi le cipolline e le barbabietole. Far cuocere le verdure per venti minuti finché avranno assunto un colore rossastro. Affettarle e condirle, mentre sono ancora calde, con olio, aceto, sale e pepe. Servire l'insalata fredda, guarnendola con spicchi di uova sode.

Verdure d'estate dell'amica Marisa
Mboga ya rafiki ya mama Marisa

Due grossi peperoni dolci, uno giallo e uno rosso
Una grossa melanzana
Due cipolle bianche
Due grosse patate novelle
Olio di oliva
Sale

Tagliare grossolanamente le verdure, dopo aver tolto ai peperoni i semi e le venature bianche, e condire con olio e sale. Versare il composto in una teglia di vetro e cuocere in forno caldo, rimestando di tanto in tanto, per tre quarti d'ora. Fare attenzione che le verdure siano ben cotte, ma non spappolate.

Costituiscono un contorno delizioso per il roast beef o la carne ai ferri.

SOFFRITTO DI SPINACI DELLA BOSCAGLIA CON CARDAMOMO
Karanga with Cardamom and onion and dania

Spinaci selvatici ben lavati e tagliati grossolanamente
Una piccola cipolla rossa tritata
Un grosso pomodoro non troppo maturo tritato
Coriandolo fresco tritato
Due o tre semi di cardamomo
Olio di mais
Sale e pepe

Gli spinaci selvatici (*spinach ya mustoni*) costituiscono uno dei cibi prediletti anche dagli elefanti, tanto che si vedono spesso piccoli branchi pascolare nei campi. Gli animali sono soliti sradicare le piante a colpi di zampa e quindi tagliarle alla base con le loro unghie affilate, per poi radunarle con la proboscide e portarsele alla bocca. Gli spinaci selvatici crescono vicino all'acqua corrente e allungano i loro steli a spirale sulla ricca terra rossa dei campi. Le donne solitamente escono a mezzogiorno per raccoglierli; li legano in grossi mazzi frondosi e li portano a casa per cucinarli con cipolle selvatiche e coriandolo, accompagnandoli poi col *posho*.

Far soffriggere la cipolla a fuoco basso in poco olio di mais insieme a un po' di coriandolo e ai semi di cardamomo schiacciati. Togliere i semi, aggiungere gli spinaci e cuocerli per circa dieci minuti mescolandoli continuamente. A metà cottura unire il pomodoro e altro coriandolo. Insaporire con sale e pepe a piacere.

ZUCCHINE NON COTTE
Melenge bichi

Zucchine piccole crude
Noci fresche intere
Olio di oliva
Succo di limone
Una spruzzata di panna acida
Sale e pepe

Tagliare le zucchine a rondelle sottili e spruzzarle con un po' di succo di limone.

Mescolare la panna acida con l'olio, il succo di limone, sale e pepe fino a formare una crema da versare sulle zucchine. Amalgamare bene il tutto e guarnire con le noci. Servire l'insalata fredda con fiori di zucca fritti oppure freschi.

ZUPPA FREDDA DI AVOCADO
Supu barridi ya avocado

Un avocado maturo che stia appena diventando morbido
Brodo di pollo freddo
Una cipolla bianca tritata finemente
Succo di limonc
Panna magra
Worcestershire Sauce
Menta fresca (facoltativa)

Pelare l'avocado e passare la polpa con un passino fine, così da farne una purea. Spruzzarlo col succo di limone perché non annerisca.

Mescolare la purea con la cipolla e la panna e diluirla col brodo freddo. Per servire versare la zuppa nelle fondine e condirla con una spruzzata di Worcestershire Sauce. Decorare con un ricciolo di panna e un ramoscello di menta fresca.

Avocado come uova
Avocado kama maiai

Un avocado maturo
Succo di limone
Yogurt intero
Aglio (facoltativo)
Tabasco (facoltativo)
Sale

È, in pratica, una maionese di avocado.

Con una forchetta schiacciare la polpa dell'avocado, spruzzarla col succo di limone e amalgamarla con lo yogurt. Per insaporire si possono aggiungere due o tre spicchi d'aglio schiacciati con un po' di sale e una spruzzata di Tabasco. Servire come salsa da accompagnare a:

– pesce freddo, patate lesse e capperi
– gamberetti o samaki ya mugu lessi
– uova sode, tonno e ravanelli.

Pomodoro piccante
Kachumbari

Pomodori tritati
Cipolla rossa tritata
Un peperoncino verde piccante tritato
Foglie fresche di coriandolo
Qualche goccia di succo di limone
Sale

La Kachumbari è una salsa deliziosa, dal sapore esotico, perfetta da servire con carne alla griglia e spiedini in alternativa alla mostarda o alla più delicata salsa Raita.

Mescolare tutti gli ingredienti qualche ora prima di servire la salsa, e tenerla in fresco.

Portarla in tavola in una ciotola di legno e versarla sulla carne arrosto con un piccolo cucchiaio sempre di legno.

Raita o salsa di latte che dorme alla moda degli indiani
Sauce ya massiua lala detsuri ya wahindi

Yogurt magro
Foglie di menta tritate
Un cetriolo tritato
Mezzo scalogno tritato
Coriandolo fresco (facoltativo)
Qualche goccia di succo di limone

Una fresca salsa, ottima per accompagnare carni alla griglia e pietanze al curry.

Mescolare tutti gli ingredienti con cura e versare la salsa in una ciotola di terraglia o in più ciotoline, decorandola con ramoscelli di coriandolo fresco.

Pane e pomodoro alla moda degli italiani
Mukate na nyana detsuri ya italiani

Due grossi pomodori maturi, meglio se della varietà Napoli, a forma di pera
Quattro fette di pane casereccio oppure di baguette leggermente tostate
Quattro grossi spicchi d'aglio
Qualche goccia di limone
Olio extravergine di oliva
Sale
Foglie di basilico fresco (facoltative)

Deliziosa come stuzzichino, antipasto o per accompagnare l'aperitivo prima di cena, arricchire i picnic e le grigliate, la bruschetta in origine era essenzialmente il pasto tipico dei muratori.

Bei pomodori rossi e carnosi maturati al sole del proprio orto, spremuti da mani callose su pane croccante fatto in casa e precedentemente strofinato con uno spicchio d'aglio; un filo d'olio di oliva come tocco finale e mezza bottiglia di vino rosso da berci sopra: questa è la bruschetta originale, uno spuntino da re.

Col tempo si prese l'abitudine di servirla assieme agli aperitivi o come antipasto leggero e diventò, con l'aggiunta di basilico, succo di limone, olive nere e alici, un bocconcino sofisticato e saporito.

La mia preferita tuttavia rimane la semplice bruschetta originaria, fatta col pane riscaldato dal sole, da mangiare all'aperto, seduti su un masso, con gli occhi socchiusi, anzi strizzati, per difendersi dal bagliore del sole di mezzogiorno.

Qualunque cosa vogliate aggiungervi, però, ricordate: il segreto della bruschetta è la croccantezza. È indispensabile prepararla e mangiarla immediatamente.

Tagliare ogni fetta di pane in quattro parti e tostarla su entrambi i lati senza farli diventare scuri. Strofinare uno spicchio d'aglio pelato sulla crosta calda, dopo averne eliminato il germoglio centrale, che è indigesto (quando si adopera l'aglio, questa operazione andrebbe fatta sempre). Far raffreddare su una griglia.

Tritare e schiacciare l'aglio rimasto insieme a un pizzico di sale. Sminuzzare i pomodori.

Mescolare pomodori e aglio aggiungendovi qualche goccia di succo di limone e un po' d'olio; cospargere una piccola quantità di tale composto su ogni fetta di pane tostato. Servire su un piatto largo e basso, decorando con foglie fresche e fiori di basilico.

Pizza piatta con pomodori secchi e pesce in scatola

Pizza ya flat na nyana ile dry na samaki ya mukebe

Pasta per pizza
Pomodori maturi pelati e affettati e pomodori secchi tritati
Alici
Aglio
Rucola
Olio di oliva
Formaggio piccante a scaglie e parmigiano grattugiato
Sale
Olive nere (facoltative)
Peperoncini (facoltativi)

Dividere la pasta in due metà e stenderla in uno strato molto sottile. Su una metà distribuire gli ingredienti tritati o tagliati a pezzetti, terminando con le foglie di rucola e il formaggio. Cospargere con un filo d'olio e coprire con l'altra metà della pasta, sigillando i bordi con cura. Con una forchetta bucare la superficie della pizza per evitare che si gonfi; spennellarla con l'olio e metterci un pizzico di sale marino. Cuocere per qualche minuto nel forno caldo, preferibilmente a legna; tagliare la pizza ancora calda a quadrati e servirla immediatamente con un contorno d'insalatina fresca a base di rucola e finocchio.

Pizza fritta alla moda di Simon

Pizza fritta ile ya Simon

Pasta di pane
Pomodori carnosi e ben maturi tagliati a pezzetti
Basilico e origano
Formaggio cheddar (o gorgonzola) morbido tagliato a cubetti
Olio extravergine di oliva
Olio per friggere
Sale e pepe
Alici (facoltative)

Dopo aver tagliato i pomodori a pezzi, eliminare i semi e l'acqua. Aggiungere il formaggio a cubetti, le alici a pezzetti, un pizzico di origano, qualche foglia di basilico fresco tritato e un cucchiaino da tè di olio extravergine. Salare e pepare a piacere.

Stendere la pasta di pane in uno strato molto sottile, come per una normale pizza, e ricavarne dei dischi grandi più o meno quanto un piattino da tè. Mettere una parte del composto di pomodori ed erbe al centro di ciascun disco di pasta e piegarlo in due, formando così dei grossi calzoni. Friggere i calzoni in olio bollente, asciugarli su carta da cucina e servirli subito insieme a una fresca insalatina di rucola.

Il ripieno può essere variato con olive nere snocciolate, capperi, alici e aglio.

Si possono anche eliminare completamente le erbe e sostituire i pomodori con prosciutto tritato o spinaci e uova sode, oppure funghi trifolati con aglio.

Questi calzoni sono adattissimi per i picnic, in quanto si possono mangiare come panini e non richiedono né piatti né posate.

ZUPPA DI PESCI CON LE GAMBE
Supu ya samaki ya mugu

Gamberi d'acqua dolce vivi, che siano stati tenuti almeno una settimana in acqua pulita a spurgare, per liberarli dal fango e da eventuali residui di cibo
Un grosso barattolo di pomodori pelati, oppure un chilo di pomodori maturi pure pelati (per togliere la pelle ai pomodori con facilità, tuffarli per pochi minuti in acqua bollente)
Cipolla tritata
Aglio
Prezzemolo
Alcuni steli di sedano tritato con le foglie
Una bottiglia di vino bianco secco

Foglie di aneto
Semi di finocchio
Olio extravergine di oliva
Acqua per il fumetto
Una spruzzata di whisky
Panna acida
Tabasco
Sale e pepe

Bollire i gamberi in metà vino e metà acqua, con abbondanti foglie di aneto. Scolarli e sgusciarli.

Pestare i gusci in un mortaio fino a ridurli in poltiglia. Versarla nel liquido dove sono stati bolliti i gamberi, aggiungendovi anche i pomodori, gli aromi, i semi di finocchio e le altre erbe. Lasciar bollire il fumetto per due ore. Filtrarlo, versarvi il vino rimasto, un cucchiaio di olio extravergine e il whisky. Assaggiare e aggiustare di sale e pepe.

Alla fine aggiungere i gamberi lessi, una spruzzata di Tabasco e un po' di panna acida.

Servire con crostini fritti in olio aromatizzato all'aglio.

Pesci con gambe alla Kuki con foglie di banana
Samaki ya mugu na matawe ya banana

Gamberi d'acqua dolce sgusciati
Burro
Sale e pepe macinato al momento

Quantità uguali di:
Aglio schiacciato
Buccia di limetta grattugiata
Zenzero fresco grattugiato
Foglie di cedrina tritate
Coriandolo
Succo di limetta

Come guarnizione:
foglie di banano tagliate a quadrati e spine di acacia

per chiuderle. Si possono sostituire con grandi foglie di lattuga chiuse con stecchini di legno.

Insaporire i gamberi nel burro caldo con sale e pepe per qualche minuto e toglierli dalla padella. Aggiungere al burro tutti gli ingredienti tranne il succo di limetta. Disporre i gamberi sulle foglie di banano, aggiungere qualche goccia di succo di limetta e un po' del burro insaporito. Fare un pacchetto con le foglie e chiuderlo con le spine o gli stecchini. Passare in forno caldo per qualche minuto prima di servire.

Risotto di pesci con gambe
Muchere na samaki ya mugu

Gamberi d'acqua dolce
Fumetto fatto con gusci schiacciati, aglio, abbondante sedano e vino bianco secco
Riso Arborio mondato
Olio
Aglio
Prezzemolo
Mezzo limone
Vino bianco secco
Prezzemolo fresco
Una spruzzata di cognac
Pepe

Preparare un soffritto con olio, aglio e prezzemolo.

Aggiungere metà dei gamberi sgusciati e scottati; mescolarvi il riso e il vino. Quando il vino è evaporato, versare poco per volta il fumetto (preparato come per la ricetta "Zuppa di pesce").

Poco prima che il riso giunga a cottura unire il resto dei gamberi; mantecare a fuoco spento, aggiungere pepe, un po' di succo di limone e il cognac. Cospargere di prezzemolo e servire.

Pesci con gambe in frittelle

Samaki ya mugu na chapati na pombe na jibini

Gamberi d'acqua dolce sgusciati
Fumetto fatto con gusci schiacciati, aglio, abbondante sedano e vino bianco secco
Besciamella fatta con il fumetto, latte magro e una spruzzata di sherry
Funghi freschi
Porcini secchi
Parmigiano o groviera grattugiato
Una spruzzata di cognac
Burro, pangrattato, pepe

Insaporire i gamberi nel burro caldo e mescolarli a una piccola quantità di besciamella. Preparare il numero necessario di piattini da forno, imburrarli e cospargerli con pangrattato. Disporvi i gamberi, i funghi e il resto della besciamella corretta col cognac. Coprire col formaggio grattugiato mescolato al pangrattato, pepare e passare in forno finché non si sarà formata una crosta dorata. Servire con un'insalata di sedano e finocchi, e riso pilaff.

Tilapia col fumo ed erba all'odore di ouzo

Tilapia ya moshi na majani ya arufu ya uzo

Una tilapia medio-piccola a testa, sostituibile con trote delle stesse dimensioni
Un mazzolino aromatico composto da aneto, timo e rosmarino
Limette
Sale

Per il burro all'aneto:
Burro fresco
Un cucchiaio di panna acida
Qualche goccia di succo di limone
Un pizzico di mostarda inglese
Aneto fresco tritato

Come guarnizione:
Un pizzico di semi di aneto
Una foglia fresca di lattuga per ogni pesce

Preparare innanzitutto il burro all'aneto.

Mescolare tutti gli ingredienti tranne i semi di aneto, che vanno tenuti al fresco in una ciotola.

Disporre sulla griglia dello smoker le tilapia pulite e riempite col trito di erbe; salare.

Stendere un sottile strato di segatura di cedro sul fondo dello smoker e chiuderlo. Cuocere per venti minuti e aprire lo smoker solo quando si sarà ben raffreddato.

Servire ciascun pesce su una foglia fresca di lattuga e guarnire il piatto con aneto fresco, uno spicchio di limetta e un ricciolo di burro all'aneto con un pizzico di semi e una fogliolina (sempre di aneto).

FILETTI DI TILAPIA CON SALSA COLORE DI ERBA
Salala ya tilapia na sossi ya rangi ya majani

Filetti di tilapia o di sogliola
Succo di limone
Aglio
Olio per frittura
Farina
Birra
Un albume
Capperi, prezzemolo e spicchi di limone
Sale e pepe

Per la salsa verde (salsa colore di erba, sossi rangi ya majani):
Yogurt greco
Capperi
Prezzemolo

Per preparare la salsa verde tritare i capperi e il prezzemolo e unirli con delicatezza allo yogurt.

Fare una pastella con farina, birra, albume, sale e pepe.

Insaporire i filetti di tilapia con succo di limone aromatizzato con aglio; immergerli nella pastella e friggerli finché saranno ben dorati.

Cospargerli di capperi freschi e decorare il piatto da portata con prezzemolo e spicchi di limone. Servire la salsa verde in ciotoline, una per ciascun commensale, e intingervi il pesce.

Filetto del pesce del lago Turkana fritto in saor
Salalaya samaki ya Turkana ya fri

Filetti di perca (pesce persico) del Nilo, sostituibili con filetti di merluzzo
Cipolle rosse
Uva sultanina e pinoli
Foglie di rosmarino
Olio per frittura
Un cucchiaio di farina insaporita con sale e pepe
Aceto di vino bianco

Tagliare i filetti a bastoncini della grandezza di un dito e passarli nella farina. Affettare le cipolle rosse a rondelle. Scaldare l'olio e friggervi rapidamente le rondelle di cipolla, che dovranno diventare ben dorate ma senza bruciare. Scolarle e tenerle da parte. Nello stesso olio friggere i bastoncini di pesce infarinati. Disporli su un piatto e coprirli con le rondelle di cipolla. Passare l'uva sultanina, i pinoli e le foglie di rosmarino per pochi secondi nell'olio bollente e aggiungerle al pesce.

Nel frattempo portare a bollore l'aceto e versarlo caldo sul pesce fino a coprirlo. L'aceto verrà assorbito in poco tempo. È un piatto delizioso, al quale si accompagna idealmente un'insalata fresca di finocchi o di tenere foglie di cavolo tagliate a striscioline. Si conserva bene per diversi giorni e va mangiato freddo.

Pesce del lago Turkana alla moda di Kuki

Samaki ya Turkana injia ya Kuki

Un filetto di perca del Nilo (o di merluzzo) di media grandezza, da un chilo o più
Succo di limetta
Salsa di soia
Olio extravergine di oliva
Foglie fresche di coriandolo
Aglio spremuto
Sale e pepe

Marinare per un'ora il pesce in un composto preparato con succo di limetta, aglio schiacciato, coriandolo, salsa di soia chiara, sale e pepe. Aggiungere poi qualche cucchiaio di olio e passare in forno medio. Servire con salsa di soia, patatine novelle e melanzane alla griglia.

Pesce del lago di Antonietta che si mangia in viaggio

Samaki ya damu ya Antonietta injia ya safari

Branzini
Rosmarino
Sale e pepe
Aglio (facoltativo)

Scegliere dei branzini freschi piuttosto grossi, sventrarli e pulirli ma senza squamarli. All'interno metterci sale, pepe e abbondante rosmarino. Aggiungere anche qualche spicchio d'aglio, se gradito. Avvolgere saldamente i pesci nella carta bagnata; allo scopo si possono usare anche vecchi giornali.

Metterli sulla brace e ricoprirli con altra brace. Quando la carta sarà carbonizzata, togliere i cartocci dal fuoco e buttare via la carta. Il pesce risulterà ben cotto nel suo sugo e asciutto al punto giusto. Si può accompagnarlo con una fresca salsa di avocado o di soia e limetta.

Aneto, coriandolo, cedrina e zenzero fresco possono sostituire il rosmarino. È un piatto ottimo, facile da preparare quando si è in campeggio. Al branzino di acqua dolce si possono sostituire grosse trote o branzini di mare.

Pollo alla moda di Quella che Sorride con miele della boscaglia

Kuku ya Makena na asali ya mustoni

Mezzo pollo per commensale
Un cucchiaio abbondante di miele per porzione
Un cucchiaio di olio extravergine di oliva per porzione
Rosmarino
Un'arancia per pollo
Succo di limone
Sale e pepe macinato al momento

Strofinare ogni pezzo di pollo col succo di limone. Preparare una marinata con tutti gli altri ingredienti e ungervi bene la carne lasciandola riposare, al fresco, per almeno due ore prima di cuocerla.

Arrostire i polli in forno medio, bagnandoli regolarmente col loro sugo. Per la cottura calcolare una mezz'ora ma continuarla finché la carne non sarà ben dorata e caramellata. Guarnire con riccioli di buccia di arancia e rametti di rosmarino.

Ottimi contorni potrebbero essere: cipolline in agrodolce, purea di patate e una fresca insalata di lattuga e rucola.

Petti di francolino su medaglioni di polenta

Bresti ya nguare na posho ya roundi

Un francolino a testa, o una grossa pernice o un giovane fagiano
Burro
Una spruzzata di cognac
Qualche ramoscello di timo

Qualche foglia di salvia
Due fette sottili di pancetta per francolino
Diversi medaglioni di polenta istantanea (o soffice posho) insaporita con parmigiano e qualche goccia di olio di tartufo, abbastanza grandi da fare da base al petto di francolino
Sale e pepe

Foderare con sottili fette di pancetta i petti di francolino e inserire nella carne i ramoscelli di timo. Dorare il burro con la salvia e friggere i petti finché la pancetta non sarà croccante e la carne all'interno ancora rosea; salare e pepare. Sistemare ogni petto sul suo medaglione di polenta. Aggiungere il cognac e qualche noce di burro fresco al fondo di cottura, scaldarlo a fuoco vivo e versarlo sui petti che saranno stati parzialmente affettati con tagli diagonali. Guarnire con un ramoscello di timo, leccarsi le dita e servire!

Francolino ripieno senza ossa
Nguare bile ya ngossi na jasa ya vitu

Un francolino disossato a testa
Mollica di pane sbriciolata
Parmigiano grattugiato
Tuorlo d'uovo
Noce moscata
Un mazzolino aromatico composto da salvia, rosmarino, timo, maggiorana, foglia di alloro
Porcini secchi
Champignon affettati
Una cipolla tritata
Fegato di francolino tritato
Fettine di pancetta
Porto e una spruzzata di cognac
Brodo
Panna, burro
Sale marino e pepe

Pulire e disossare il francolino aprendolo lungo il dorso con l'aiuto di un coltello molto affilato.

Far bollire i porcini nel brodo (anche di dado), filtrare e preparare il ripieno versando il fumetto caldo di funghi sulla mollica di pane; friggere la cipolla tritata insieme al fegato e alle erbe aromatiche. Aggiustare di sale e pepe. Mescolare il tutto con la mollica di pane ammorbidita, aggiungere il parmigiano, un pizzico di noce mocata e il tuorlo. Imbottire i francolini e cucirli con spago da cucina bianco, ricomponendoli come fossero ancora interi e con le ossa.

Legare insieme le zampe e avvolgere le ali con sottili fette di pancetta e qualche foglia di salvia. Cuocere in forno medio irrorando spesso con burro e porto e facendo attenzione a non andare oltre il punto di cottura.

Togliere gli uccelli dalla teglia, aggiungere al fondo di cottura la panna e una spruzzata di cognac. Servire la salsa ben calda a parte. Cuocere separatamente gli champignon e i porcini ammorbiditi nel burro e servire i francolini in un "nido" di funghi.

Il piatto si accompagna bene con una soffice purea di carciofi o con un flan di spinaci; ma ancora meglio con piccoli sformati di formaggio e semolino guarniti con funghi e cosparsi di salsa.

Si tratta di un arrosto sontuoso, degno di una festa importante.

Faraona in pâté
Pate ya khanga

Una faraona (oppure un fagiano) lasciata frollare
per una settimana, disossata, spellata e tagliata a pezzi
Burro
Un tuorlo
Vino rosso
Salvia
Aglio
Cipolla bianca tritata
Una foglia di alloro
Chiodi di garofano

Fegato di faraona tritato
Foglie di lattuga
Bacche di ginepro
Porto
Cognac
Gelatina
Aceto
Sale e pepe

Per preparare il burro al cognac mescolare il tuorlo d'uovo al burro fresco e aggiungervi cognac a piacere. Lasciar raffreddare in piattini da burro, uno per ciascun commensale.

Marinare per un giorno i pezzi di faraona in un composto preparato con vino rosso secco insaporito con cipolla, aglio, chiodi di garofano, ginepro, alloro, sale e pepe. Scolare bene e tenere da parte il liquido filtrato.

Friggere la cipolla nel burro con la salvia e aggiungere i pezzi di faraona. Farli dorare, quindi aggiungere il fegato e cuocerlo a fuoco vivo per qualche minuto. Aggiungere al fondo di cottura la marinata filtrata e farla evaporare.

Tritare le carni aggiungendovi parte del fondo di cottura, pesarle e aggiungere la stessa quantità di burro fresco. Se si vuole che il pâté risulti più cremoso aggiungere una maggiore quantità di burro fresco.

Far sciogliere la gelatina in acqua calda con aceto e porto. Regolare di sale e farla raffreddare. Unirne una piccola dose al trito di carne e burro. Aggiungere il cognac e versare in stampi per singole porzioni. Coprire con la gelatina rimasta e lasciar solidificare.

Rovesciare gli stampini nei piatti. I piatti potranno essere guarniti con foglie di lattuga. Servire con crostini a bastoncino e burro al cognac.

Faraona con riso e salsa gialla alla Paolo
Khanga na muchere ile ya Paulo

Una faraona o un fagiano
Un cappone o carne con osso per fare il brodo
Sedano
Carote
Cipolla
Latte magro
Farina di mais
Burro
Tre tuorli d'uovo
Succo di limone, sherry

Si consiglia di servire con risotto al vino bianco.

Per preparare il brodo mettere in pentola, con acqua fredda, le verdure e la carne. Appena il brodo bollirà, aggiungere la faraona. Cuocerla finché non sarà tenerissima. La faraona, disossata e spellata, va lasciata nel brodo caldo fino al momento di servire.

Nel frattempo preparare un risotto al vino bianco mantecandolo a fine cottura con abbondantissimo parmigiano e pepe nero macinato al momento.

La salsa gialla si ottiene amalgamando il burro fresco con un cucchiaio di farina, un po' di latte magro e il brodo; risulterà una besciamella molto liquida che avrà il sapore di un consommé. Unirvi i tuorli d'uovo, uno alla volta, quindi il succo di limone. La salsa dovrà avere un bel colore giallo.

Per servire versare il risotto in un piatto da portata, disporvi sopra i pezzi di faraona e ricoprire il tutto con la salsa gialla.

Servire immediatamente, con una zuppiera di consommé corretto con sherry.

Consommé di frittatina alla nonna
Supu ya consome na omelette ya jojo

Consommé di faraona
Uova
Parmigiano
Prezzemolo tritato
Sherry
Sale e pepe

Mia nonna in Italia adorava questa deliziosa zuppa.

Sbattere le uova con il parmigiano, il prezzemolo, sale e pepe. Preparare delle frittatine molto sottili (per ogni frittatina è sufficiente un cucchiaio del composto). Appena le frittatine saranno fredde, arrotolarle e tagliarle a listarelle sottili. Disporne una piccola quantità in ogni fondina e coprire col consommé bollente e una spruzzata di sherry.

Spolverare col parmigiano grattugiato al momento.

Carne di lepre cotta tanto con molti odori e polenta (salmì)
Nyama ya sungura naiva ya kutosha na arufu minghi na posho

Uno o due conigli selvatici africani (sungura)
o una grossa lepre tagliati in piccoli pezzi seguendo
le giunture

Per la marinata:
Vino rosso
Cipolla, carote e sedano tritati
Bacche di ginepro
Grani di pepe interi
Una cipolla intera steccata con chiodi di garofano
Salvia
Rosmarino
Olio di mais
Sale

Marinare i pezzi di carne per almeno due giorni, rivoltandoli spesso. Scolarli e filtrare il liquido, che dovrà essere tenuto da parte.

Scaldare l'olio e dorarvi i pezzi di coniglio. Unire cipolla, carote e sedano freschi e coprire con il liquido della marinata. Far cuocere lentamente per due ore o finché la carne non si staccherà dalle ossa e la salsa si sarà ben addensata. Servire con polenta o *posho* e funghi.

ROTOLO DI CONIGLIO CON ROSMARINO
Sungura bile ya mafupa na arufu ya rosemary

Un giovane coniglio disossato di piccole dimensioni
Frattaglie di coniglio e salame tritati e soffritti
Vino bianco secco
Salvia
Timo
Rosmarino
Aglio
Pangrattato
Olio
Sale e pepe

Disporre il coniglio aperto sul tavolo, salare e pepare; spolverarlo con il pangrattato.

Preparare un pesto di salvia, rosmarino, timo e aglio. Cospargere il coniglio con il pesto di erbe e ricoprirlo con uno strato di trito di frattaglie. Arrotolarlo e legarlo con spago bianco e fine. Spolverizzare di pangrattato.

Rosolare nell'olio a fuoco vivo irrorando abbondantemente di vino e riducendo il calore.

Quando sarà ben rosolato avvolgerlo in carta argentata e continuare la cottura al forno, per un'ora o fino a cottura. Far intiepidire e servirlo affettato su un letto di rucola fresca, guarnito di rosmarino.

Filetto con burro di erbe
Salala na siagi ya majani

Filetto di bufalo (mbogo) giovane tagliato a fette spesse, sostituibile con vitellone
Maggiorana, timo e prezzemolo
Mostarda
Burro
Olio extravergine di oliva
Sale all'aglio e pepe

Amalgamare la mostarda e il burro aggiungendo un pizzico di timo tritato.

Ricoprire le fette di filetto con un misto di erbe aromatiche tritate, olio, sale all'aglio e pepe.

Arrostire su una griglia già calda, cinque minuti da una parte e tre dall'altra.

Guarnire ogni fetta con un ricciolo di burro alla mostarda e servire immediatamente con un'insalata di rucola, patate e fagioli rossi.

Stufato di bufalo con polentina
Stiu ya mbogo na ugali

Copertina di bufalo o di manzo tagliata a tocchetti
Mezzo chilo di sedano, carote e cipolle tritati
Timo, salvia e rosmarino
Vino rosso
Quattro grossi spicchi d'aglio
Olio
Una spruzzata di cognac
Sale e pepe

Friggere l'aglio nell'olio finché non sarà diventato bruno, quindi toglierlo e far dorare la carne. Aggiungere tutte le verdure e le erbe tritate e lasciar soffriggere per pochi minuti. Appena saranno appassite aggiustare di sale e pepe, coprire di vino rosso e lasciar sobbollire lentamente per un'ora e mezzo. Il vino dovrà essere completamente evaporato. Completare con una spruzzata di cognac.

Servire con soffice *posho* condito con olio all'aglio o meglio con una polenta gialla sempre condita con olio all'aglio e un po' del fondo di cottura quando è ancora bollente e stesa su un piatto largo.

Carne di eland arrostita con pane tritato
Nyama roasti ya siruai na mukate chop chop

Un grosso girello
Mollica di pane bianco grattugiata e passata al setaccio
Una cipolla bianca
Mezzo limone
Mezza bottiglia di vino bianco secco
Olio di mais, brodo
Sale e pepe

La carne di eland praticamente è priva di grasso e quindi non contiene colesterolo; è facilmente digeribile e possiede un leggero aroma dovuto alle erbe aromatiche di cui l'animale si nutre. La carne migliore è quella di un animale ucciso da un leone la notte precedente e ritrovato all'alba, prima che le iene possano scoprirne la carcassa.

Di solito il leone mangia per prima cosa l'intestino.

Tagliare immediatamente il filetto e lasciarlo frollare per due giorni nella zona più fresca della cucina, meglio se in un armadietto con le pareti a rete per proteggerlo dalla curiosità dei gatti.

Per queste ricette i lettori europei possono utilizzare anche il manzo, purché sia giovane e macellato di fresco; sarebbe auspicabile che fosse stato allevato in libertà. Un ottimo sostituto potrebbe essere un capo di razza Aberdeen Angus, anche se la carne è più rossa e di sapore più deciso.

Questo piatto era uno dei preferiti di mia madre e andrebbe preparato con un grosso "girello"; ma è assolutamente fantastico se si usa la stessa parte di un giovane eland.

Il segreto di una buona riuscita è cuocere bene la carne ma senza farla seccare, in modo che resti rosea nel mezzo. Il miglior sostituto sarebbe il girello di vitello.

Con dello spago bianco da cucina legare bene il girello così che conservi la forma. Rotolarlo nella mollica di pane ricoprendolo completamente.

In una teglia riscaldare l'olio e soffriggere la cipolla affettata: deve essere dorata, ma non bruna. Aggiungere quindi il girello, insieme al mezzo limone. Farlo dorare da tutte le parti girandolo con cautela, in modo da non rovinare la crosta di mollica. Togliere la cipolla e il limone e metterli da parte.

Versare nella teglia metà del vino bianco e completare la cottura del girello a forno medio, aggiungendo se necessario qualche cucchiaio di brodo bollente e bagnandolo regolarmente. Quindici minuti prima di toglierlo dal fuoco aggiungere il resto del vino e la cipolla passata al setaccio, salare e pepare. Staccare accuratamente il fondo di cottura caramellato e irrorare bene la carne.

Affettare il girello, che dovrebbe essere ben cotto ma rosato e non grigio al centro, e coprire le fette con il profumato e saporito fondo di cottura.

Questo piatto, ingannevolmente semplice, è una pietanza da re. Bisogna però stare molto attenti a non lasciar bruciare la mollica di pane e a non far asciugare troppo la carne.

Servire con tre dei contorni seguenti:

- cipolline caramellate
- funghi chiodini stufati
- purea di patate
- carote caramellate
- purea di spinaci
- cavolini di Bruxelles stufati

più una fresca insalata di lattuga e ravanelli.

Filetto alla Kuki
Salala a la Kuki

Un filetto fresco di eland o di manzo, ben legato
Burro e olio extravergine di oliva
Un bicchiere colmo di succo di limone
Abbondante rosmarino fresco
Olive verdi snocciolate come decorazione
Focaccia al rosmarino
Sale e pepe

In una teglia abbastanza grande da contenere il filetto intero far sciogliere il burro con il rosmarino.

Aggiungere il filetto e farlo dorare da ogni lato evitando di pungerlo. Deve formare una crosta. Salare, versare il succo di limone e togliere la carne. Il succo serve per staccare completamente dalla teglia il fondo di cottura. Usarne dell'altro, se necessario, e tenere da parte la salsa.

Coprire il filetto con un grosso coperchio e metterci sopra un sasso o un altro peso. Lasciar raffreddare.

Fare delle fette sottili e disporle su un piatto da portata guarnendo con rosmarino e olive verdi, un filo d'olio di oliva e pepe macinato fresco. Servire con salsa al limone e focaccia al rosmarino, possibilmente fatta in casa.

Filetto al pepe verde alla moda di Ciccio Mantovani
Salala ingia ya rafiki ya mama

Un filetto fresco
Pepe verde
Succo di dieci limoni
Olio di oliva
Rosmarino
Sale e pepe

Il giorno prima marinare il filetto con tutti gli ingredienti, in un luogo fresco. Regolare il forno al massimo e cuocere il filetto ben legato per mezz'ora o finché l'interno non sarà diventato rosa scuro. Affettare e servire cosparso di pepe verde, con le verdure d'estate dell'amica Marisa.

Frittelle al miele
Mandazi na asali

Pasta di pane
Ricotta
Trito di mandorle e pistacchi
Vaniglia
Scorza di arancia candita
Miele
Olio per frittura

Stendere la pasta e tagliarla con un tagliapasta rotondo. Riempire i dischi con ricotta mescolata alla scorza di arancia e addolcita con del miele, qualche goccia di vaniglia e un pizzico del trito di mandorle e pistacchi. Chiudere la pasta formando piccoli calzoni e friggerli rapidamente in olio bollente.

Servire le frittelle immediatamente, dopo averle coperte di miele caldo e cosparse con il resto del trito.

Decorare con qualche spicchio di arancia.

Crêpe col miele caldo
Pancakes na asali moto

Latte
Farina setacciata
Burro
Un uovo
Miele caldo
Mascarpone
Cardamomo

È una variazione sul tema.

Far sciogliere il burro e amalgamarlo nel mixer con la farina, il latte e l'uovo. Aggiungere qualche goccia di essenza di cardamomo e lasciar riposare.

Scaldare una padella da crêpe con il fondo spesso, ungerla con una noce di burro avvolta in un pezzo di garza e preparare delle crêpe sottili. Per la preparazione di ogni crêpe utilizzare un cucchiaio del composto.

Farcire con un misto di mascarpone, gocce di cardamomo e miele. Ricoprirle poi di miele caldo diluito con una quantità minima di acqua bollente e servire subito, offrendo a parte del cremoso latte di cocco a guisa di salsa.

GELATO DI MIELE CON NOCCIOLE D'AUSTRALIA

Ais ya asali na macadamia

Panna
Latte
Un uovo
Vaniglia
Un pizzico di sale
Miele

Per il croccante:
Nocciole d'Australia
Aceto
Zucchero di canna

Frullare insieme la panna, il latte, la vaniglia e l'uovo, più un pizzico di sale, e mettere il composto nella gelatiera.

Preparare un croccante con le nocciole tritate grossolanamente, lo zucchero di canna e qualche goccia di aceto. Appena si raffredda, frantumarlo e tenerlo da parte.

Quando il gelato comincerà a solidificarsi, aggiungervi un po' di croccante, e appena prima che sia pronto un filo di miele fuso ma freddo.

Servire il gelato cosparso di croccante e decorato con qualche nocciola intera.

MARMELLATA DI FRUTTI DI GELSOMINO SELVATICO
Lemuria jam

I Lemuria somigliano vagamente ai mirtilli come aspetto, e come sapore a un misto di mirtillo e mora con un lievissimo retrogusto di lampone.

La marmellata si prepara secondo il metodo tradizionale.

Lavare e scolare le bacche; quindi schiacciarle, ma con delicatezza per non ridurle in poltiglia, con un cucchiaio di legno ben pulito, usato solo per marmellate e gelatine.*

In seguito coprire le bacche con acqua e stufarle finché non sono tenere, quindi passarle al setaccio per eliminare i semi e la corteccia. Se si vuole preparare una marmellata e non una gelatina, però, si dovrà tenere da parte metà di questi residui, per aggiungerli in seguito. Pesare poi la spessa purea rossa insieme al liquido di cottura e mescolarla con una quantità di zucchero pari a tre quarti del suo peso. I semi e le cortecce conservate vanno posti in un sacchetto di mussolina o di garza (per poterli togliere più facilmente), che andrà legato a un cucchiaio di legno da immergere nel liquido. La marmellata deve raggiungere una forte ebollizione e formare delle bolle. È consigliabile perciò indossare un grembiule largo e fare attenzione quando ci si avvicina alla pentola per controllare e mescolare, perché la temperatura del liquido è molto alta e le bolle di solito esplodono (come accade sempre con le marmellate) scagliando proiettili roventi su viso, braccia e abiti.

Bollire la confettura finché non si sarà addensata abbastanza da coagularsi quasi istantaneamente quando se ne verserà qualche goccia su un piatto. Prima di togliere dal

* I taglieri e i cucchiai di legno assorbono gli odori e i sapori. Sono pochi i peccati culinari più gravi dell'usare lo stesso tagliere per affettare cipolle e frutta, o lo stesso cucchiaio di legno per mescolare pietanze piccanti e marmellate e gelatine. Un retrogusto di cipolla in una marmellata o in un budino può rendere vana ogni fatica.

fuoco aggiungere il succo di un limone per correggere l'eccessiva dolcezza della gelatina.

Se si desidera invece della marmellata, a metà cottura aggiungere una manciata di semi e di bacche schiacciate, e mantenere il composto più liquido, aggiungendovi abbastanza acqua da renderlo di consistenza sciropposa anziché gommosa.

Salsa di gelatina di bacche di gelsomino selvatico
Lemuria jelly sosi

Bacche
Zucchero
Acqua
Succo di limone
Un sacchetto di garza contenente alcune bacche schiacciate e semi
Oppure gelatina di gelsomino già pronta

Preparare la gelatina di gelsomino come indicato nella ricetta precedente. Per preparare la salsa, diluire una quantità sufficiente di gelatina in acqua calda. Scaldarla poi a bagnomaria, mescolando delicatamente finché non si sarà sciolta; lasciare che il composto si addensi lentamente fino a raggiungere la consistenza desiderata. Per accompagnare un gelato di cocco o un budino alla vaniglia, aggiungere mezzo bicchiere di un brandy dolce alla frutta, oppure di liquore di lampone. Se si desidera invece accompagnare la salsa alla cacciagione (è deliziosa e particolarmente adatta con un arrosto di cosciotto di gazzella o di daino) aggiungere un buon bicchiere di Calvados invecchiato.

Ricordarsi di tenere da parte diversi ramoscelli e foglie della pianta per decorare il piatto da portata e la salsiera. Le bacche fresche e i fiori faranno una bellissima figura sopra o intorno al dolce.

Zabaione di avocado
Avocado ya sukari na nat

Un avocado maturo
Qualche goccia di succo di limone
Panna
Zucchero semolato
Sherry dolce
Nocciole d'Australia o mandorle tostate e tritate

Ridurre a purea la polpa dell'avocado e spruzzarla di succo di limone. Diluire lo zucchero nello sherry caldo e unirlo alla purea assieme alla panna. Servire la crema in bicchieri alti e cospargerne la superficie con le mandorle o le nocciole tritate. In alternativa allo sherry, si può usare Amaretto di Saronno.

Banane nel forno alla moda di Simon
Banana ya jiko injia ya Simon

Banane mature
Succo di arancia o di passiflora
Zucchero bruno
Burro
Latte di cocco
Cannella
Chiodi di garofano
Cardamomo
Noce moscata o macis
Scorza di arancia
Rum

Immergere le banane nel succo di frutta con tutte le spezie, coprire di zucchero e lasciar riposare per almeno due ore a temperatura ambiente, quindi scolarle.

Far sciogliere il burro. Quando sarà caldo, friggervi le banane finché non avranno assunto un bel colore dorato. Toglierle dalla padella e disporle in un piatto da forno. Versare nella padella il liquido dove sono state marinate le banane, dopo averlo filtrato, e lasciarlo evaporare finché non sarà quasi caramellato. Distribuirlo sulle banane, aggiungere qua e là qualche fiocco di burro e passare in forno caldo per pochi minuti. Zuccherare il rum, unire la scorza d'arancia, scaldarlo e versarlo sulle banane, fiammeggiandolo proprio prima di servirle. Si accompagna con latte di cocco come salsa.

Alle banane si possono aggiungere dei manghi (si può preparare la ricetta usando anche solo i manghi).

SEGRETO DELLA DAMA CON NOCCIOLE D'AUSTRALIA
Keki ya chocolate na biscuti

Mezzo chilo di burro fresco non salato
Due grosse tazze di zucchero semolato setacciato
Due tuorli d'uovo
Gocce di vaniglia a piacere
Due tazze di cacao, panna montata
Un pacchetto di biscotti spezzettati non troppo finemente
Una tazza di nocciole d'Australia tostate e tritate
Mezzo bicchiere di liquore di anice o di rum (l'anice dà alla preparazione un aroma sottile e irresistibile, ma ad alcuni non piace)

Un dessert delizioso, che riesce sempre e si può preparare in anticipo.

Montare burro e zucchero fino a dargli una consistenza cremosa, quindi aggiungere i tuorli d'uovo, uno alla volta, e poi la vaniglia. Incorporare cacao, nocciole e biscotti e mescolare bene. Aggiungere il liquore, facendo molta attenzione che i biscotti non si rammolliscano.

Foderare uno stampo per dolci con carta di alluminio e riempirlo con il composto, premendo accuratamente. Il dessert dovrà essere conservato in frigo almeno un giorno prima di essere servito.

Togliere il segreto della dama dallo stampo e ricoprirlo di panna montata, decorandolo con violette candite. Servirlo tagliato a fette sottili e usando come guarnizione ramoscelli fioriti di gelsomino.

Papaia con la frutta rossa che piace agli uccelli
Papaia na matunda nyukundu ile ndege napenda

Alcune papaie mature ma ancora sode
Fragole fresche
Gelatina di fragole
Succo di limone
Zucchero

Pelare le papaie, tagliarne la sommità e togliere i semi. Versare all'interno delle papaie il succo di limone e scolarlo subito. Preparare la gelatina seguendo la ricetta tradizionale e zuccherare bene le fragole. Quando la gelatina è ancora calda, unirvi le fragole e versare il composto nelle papaie. Mettere in frigo a gelare.

Servire le papaie tagliate a fette spesse. Al centro di ciascuna fetta, la gelatina con le fragole dovrà essere ben indurita.

Mango come fiori, allo zucchero bruciato
Maembe na sukari choma

Mezzo mango a testa. Il mango dovrà essere ben maturo
e della varietà mango-pesca o mango-mela
Zucchero
Nocciole d'Australia o mandorle e nocciole, tostate e tritate

Tagliare a metà il mango ed estrarre il nocciolo.

Con un coltellino tagliente praticare delle incisioni a griglia nella polpa, senza intaccare la buccia. Premendo la buccia verso l'alto, il mango si aprirà come un fiore e la polpa apparirà divisa in cubetti.

Far caramellare lo zucchero, aggiungere al liquido una parte delle nocciole tritate e mescolare. Versare immediatamente sui mezzi manghi, cospargere con le nocciole rimaste e servire.

Crema della nonna
Crimi inja ya jojo ya mama

Uova
Zucchero di canna
Latte
Vaniglia
Un cucchiaio di farina di mais
Maraschino

Per preparare una buona crema pasticcera sufficientemente densa sbattere le uova con la vaniglia e lo zucchero, aggiungere il cucchiaio di farina e il latte caldo e far cuocere finché la crema non avrà raggiunto la consistenza desiderata.

Versarla in una ciotola larga e bassa e lasciar raffreddare. Coprirla di zucchero di canna e arroventare sul fuoco un coltello a lama larga. Usarlo per bruciare lo zucchero finché non assumerà una consistenza vetrosa e un colore bruno. Versarvi sopra il maraschino e fiammeggiarlo. Servire immediatamente.

Liquore dei quaranta chicchi di caffè
Pombe ya mbegu ya kahawa harbaini

Una grossa arancia
Quaranta chicchi di caffè
Quaranta zollette di zucchero
Un litro di vodka blu

Innanzitutto scegliere con cura il giorno adatto. Questo liquore si dovrà preparare a luna calante, perché se lo si facesse a luna crescente i risultati sarebbero disastrosi. Prendere una grossa arancia sanissima e bucarla quaranta volte. Metterla in un grosso barattolo di vetro, aggiungere i chicchi di caffè e lo zucchero. Coprire con la vodka. Lasciare in riposo al buio per quaranta giorni.

Filtrare e gustare. Il liquore è ottimo sul gelato e pericoloso nei giorni di luna piena.

Indice

Kuki Gallmann

BEST SELLERS

Kuki
Gallmann
Sognavo
l'Africa
BEST SELLERS
OSCAR MONDADORI

IL COLORE DEL VENTO

Un libro di vividi appunti poetici scritti tra il 1974 e il 1984: dieci anni di meravigliose scoperte tra la natura immensa dell' Africa, la paura, la gioia, il dolore irreversibile per la perdita degli affetti più cari, fino a ritrovare la speranza e la forza di sopravvivere.

(n. 776), pp. VI-186, cod. 442744, € 7,40

NOTTI AFRICANE

Una serie di racconti autobiografici che ripercorrono le straordinarie vicende di vita dell'autrice, dalla quieta atmosfera di Venezia al feroce incanto dell'Africa, dalla gioia al dolore più straziante, senza mai perdere la fede nella vita.

(n. 794), pp. X-214, cod. 442952, € 7,40